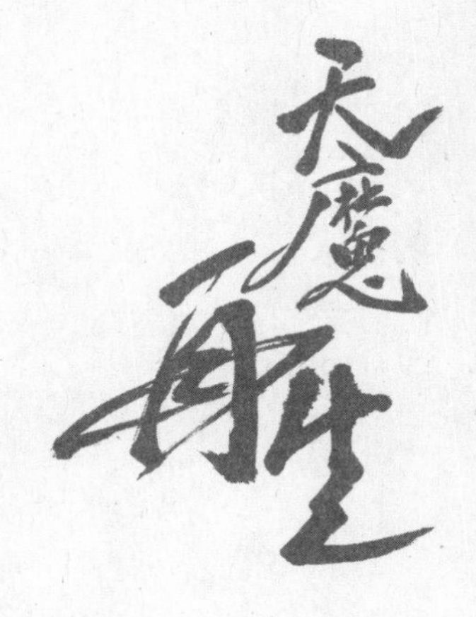

천마재생 12

초판 1쇄 인쇄일 2015년 12월 18일 | **초판 1쇄 발행일** 2015년 12월 22일

지은이 태규 | **펴낸이** 곽중열 | **담당편집 팀장** 이범수
편집부 신연제 이윤아 김호성 김은경

펴낸곳 (주) 조은세상 | 출판등록 제 2002-23호
주소 경기도 연천군 미산면 청정로 1355
TEL 편집부 02)587-2966 | FAX 02)587-2922
e-mail bukdu@comics21c.co.kr

ISBN 979-11-5832-400-1 | ISBN 979-11-5512-983-8(set) | 값 8,000원

천마재생 12

태규太叫 무협 장편소설

NEO ORIENTAL FANTASY STORY

天魔再生

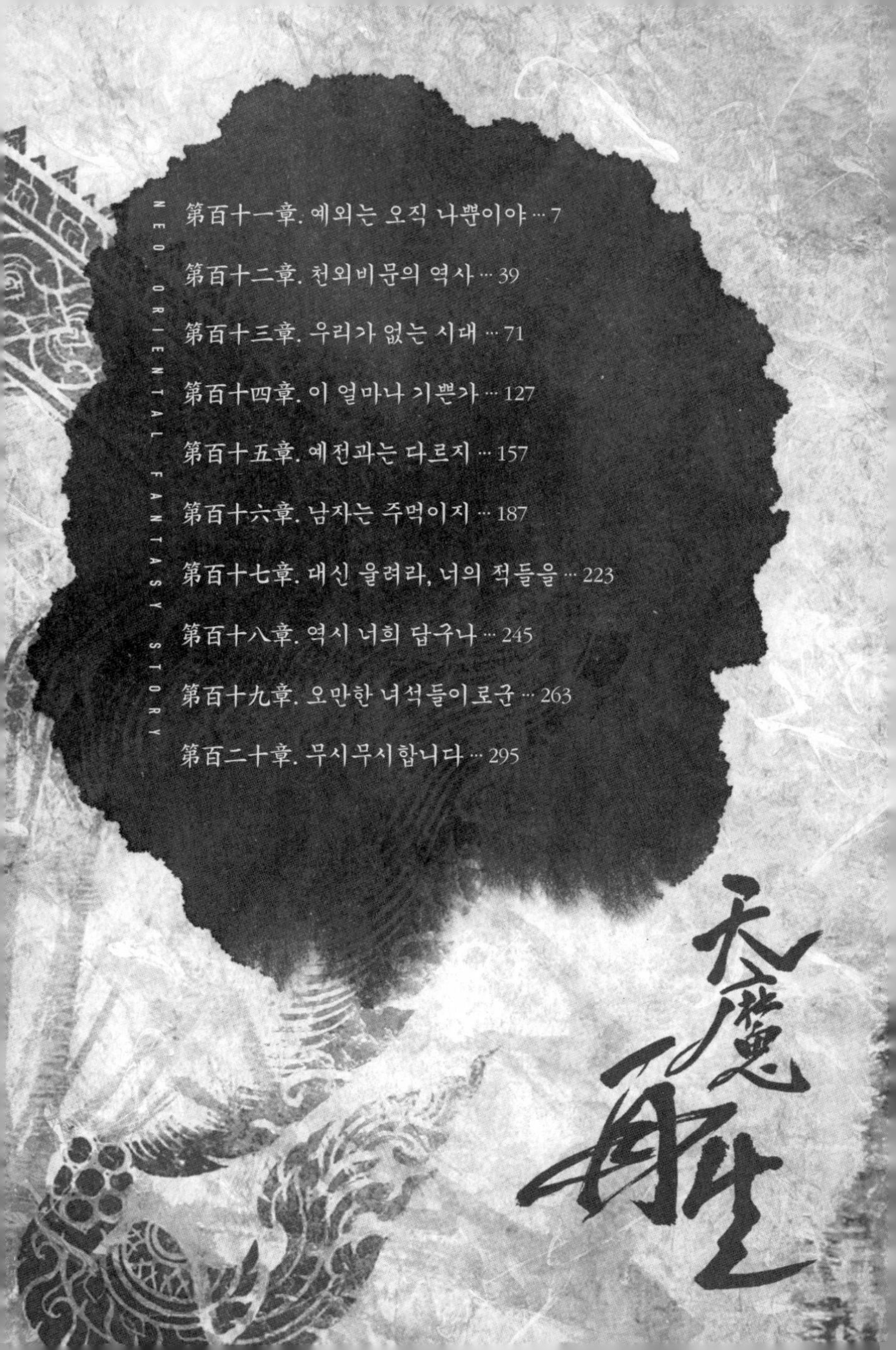
NEO ORIENTAL FANTASY STORY
天魔再生

NEO ORIENTAL FANTASY STORY

第百十一章.

예외는 오직 나뿐이야

第百十一章.

예외는 오직 나뿐이야

괴겁마령은 명실공히 중원마도의 최강자이다.

그리고 그의 의형제이자 동업자인 혈우마령과 월야마령, 그리고 천살마령은 아직 과거의 능력을 회복하지 못했다고는 하지만, 그들이 살아온 경험이라는 무기를 사용한다면 강호상에서 상대할 적수를 찾기 힘들다.

그런 사대마령, 네 명이 열을 맞추어 걷고 있다.

그 광경은 중원마도 그 자체가 움직이고 있다고 보아도 무방했다.

그 뒤, 이십여 장 정도의 거리를 두고 뒤따르는 세 사람이 있다.

그 중 유난히 몸이 큰 외팔이 노인.

노인의 이름은 철리패이다.

하지만 그는 철리패라는 이름보다는 권황이라는 두 글자로 그를 불리어진다. 아니, 찬송된다.

태어나자마자 주어진 철리패라는 이름이 아닌, 그가 살아오며 쌓아올린 명성을 통해 얻은 '주먹의 황제' 라는 이름이야말로, 그를 부르기에 적절하기 때문이다.

이제 권황 철리패는 정도의 살아있는 역사라고까지 일컬어지고 있다.

최근 검성 하지후가 죽었다는 소식이 알려지며, 집마맹의 시대를 풍미했던 정도무림의 거물은 그밖에 남지 않은 까닭이다.

그런 권황 철리패가 걷고 있다.

그는 고고한 존재이다.

그는 홀로 걷는 자이다.

그의 뒤에 누가 설 수는 있어도, 옆에 설 수는 없다.

그런데 그 바로 옆에 어깨를 나란히 하고 걷는 이가 있다.

심지어 이제 스물을 갓 넘었을까 싶은 젊은이였다.

용모가 준수하고, 머리가 마치 눈처럼 새하얗다는 점이 인상적이지만, 고작 그러한 특징이 권황 철리패와 어깨를 나란히 하고 걸어갈 수 있는 자격이 될 리는 없었다.

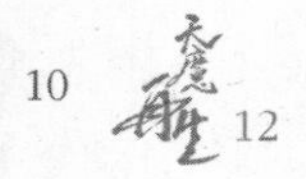

청년의 이름은 신검.

그의 나이는 보이는 외모보다 더 어리다.

태어난 지 얼마 되지 않았다.

이제 고작 달포나 되었을까?

태어난 지 고작 달포 밖에 되지 않았는데 어떻게 청년의 모습을 하고 있으며, 어떻게 권황 철리패라는 거인과 어깨를 나란히 하고 걸을 수 있는 걸까?

이렇게 설명하면 되겠다.

그는 그가 태어나는 그 순간 필연적으로 죽었던 정파무림의 큰 어른, 검성 하지후와 모든 면에서 대등한 사람이라고.

아예 똑같을 정도로 말이다.

신검의 옆 자리에도 한 사람이 어깨를 나란히 하고 걷고 있다.

그는 두말할 나위가 없다.

그의 별호가 협왕이고, 이름은 위수한이기에.

그들의 앞에 걷고 있는 네 명의 마령이 중원마도 그 자체라고 한다면, 뒤에서 걷는 세 명은 정도무림 그 자체라고 해야 했다.

그렇다면, 그들 일곱이 함께 걷고 있다면 현 강호 무림 그 자체가 움직이고 있는 거라고도 할 수 있겠지.

그렇다.

현 강호무림 그 자체가 움직이고 있는 것이다.

그것도 사람이 찾지 않는 이름 모를 섬 위를…….

대체 왜 일까?

그들은 무거운 자이다.

강호무림 그 자체를 어깨에 들쳐 맨 이들이다.

그러니 함부로 움직일 수 없다.

움직였다가는 꼭 결과를 만들어내야 한다.

그러니 이들 일곱이 한 자리에 모였다면, 그들이 만들어낸 결과는 분명 세상을 한 번 뒤바꿀 정도의 일이어야 한다.

그런데 무안군도라는 이 불모의 섬들 안에 그럴만한 일이 있을까?

"있겠죠?"

위수한이 그렇게 한 마디를 불쑥 뱉자, 철리패는 바로 알아듣고 고개를 끄덕였다.

"있지."

위수한이 다시 물었다.

"뭘까요?"

철리패가 되물었다.

"짐작 가는 게 없나?"

위수한이 바로 대꾸했다.

"천외비문이겠죠."

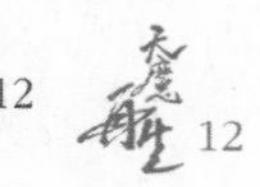
12

"그 정도 말고."

위수한이 눈을 얇게 여미며 목소리를 낮게 깔아 말했다.

"천외비문 중에서도 천문 때문이겠죠."

철리패가 그를 향해 천천히 고개를 돌렸다.

그러자 위수한이 표정을 풀며 어깨를 으쓱했다.

"저라고 뭐 다르겠습니까? 거기서 거기라는 겁니다."

"그럼 말이나 하지 말던가."

"선배께서 물어 보시지 않았습니까?"

철리패가 슬며시 하나 뿐인 팔을 주먹 쥐었다.

위수한이 심각한 얼굴로 말했다.

"지금 우리가 투덕거릴 때가 아닙니다. 우리 세 명은 한 배를 탄 몸입니다."

철리패가 코웃음 쳤다.

"난 그 배 싫다."

듣고만 있던 신검이 고개를 끄덕였다.

"나도 별로."

위수한이 답답하다는 듯 한숨을 쉬었다.

"선배님들. 이럴 때가 아닙니다. 그래요, 까놓고 말해봅시다. 우리가 왜 천외비문과 싸워야 합니까?"

그 순간 이십여 장 쯤 앞에서 걷고 있는 네 명의 마령이 일제히 고개를 돌렸다.

위수한이 빙긋 웃었다.

"물론 싸울 땐 싸워야지요. 우리가 싸울 땐 꼭 싸우는 사람들 아닙니까?"

그러자 마령들이 앞으로 다시 고개를 돌렸다. 아니, 돌리려 했다.

위수한이 뒤이어 한 말을 듣지 못했다면 그랬을 것이었다.

"하지만 우리는 천외비문과 싸울 이유가 없지 않습니까? 저들과는 달리요."

혈우마령이 환하게 웃는다.

그러며 괴겁마령을 돌아보며 말했다.

"저 여우 녀석은 언제 봐도 귀엽지 않습니까?"

괴겁마령이 살짝 고개를 끄덕였다.

"그렇구나. 어디 얼마나 더 귀엽게 구는지 한 번 지켜보자."

위수한이 그들을 똑바로 마주 보며 말했다.

"천외비문은 분명 여러 가지 문제를 일으켰습니다. 특히 최근 진무하가에서 있었던 일은 응당 책임을 물어야 마땅한 일입니다. 하지만 아직 대화를 나눌 여지는 있다고 봅니다. 저들과 달리 우리는 말입니다."

혈우마령이 휘파람을 불었다.

"들으셨지요? '저들' 이랍니다. 정말 귀엽죠?"

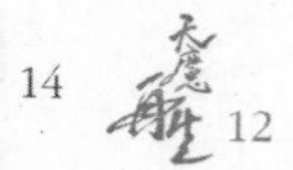

괴겁마령이 고개를 끄덕였다.

"그래. 역시 귀엽구나. 여기까지는 우선 다리 하나로 계산하자."

열두어 살 정도의 외양을 한 천살마령이 마음에 안 든다는 듯 귀엽게 볼을 부풀렸다.

"너무 관대해지셨습니다, 둘째 형님. 눈 하나 정도는 더 해야 하는 거 아닙니까?"

월야마령이 동감이라는 듯 고개를 끄덕였다.

괴겁마령은 동생들의 의견을 못 들은 척 무시하며, 위수한 만을 향해 말했다.

"계속 해봐."

위수한은 계속 말을 이어갔다.

"그러니 우리는 굳이 이 전쟁에 끼어들기보다 우선 한 걸음 떨어져서 관망해야 한다고 봅니다. 물론 상황에 따라 저들을 도울 수도 있겠지요. 그리고……."

혈우마령이 그 뒷말을 이었다.

"상황에 따라 우리를 공격할 수도 있다?"

위수한은 대답하는 대신 빙긋 웃었다.

그러자 혈우마령은 괴겁마령을 돌아보며 말했다.

"저 녀석이 형하에서 있었던 일 때문에 많이 삐졌나 봅니다."

괴겁마령이 고개를 끄덕였다.

"그랬나 보구나. 하지만 이해가 안 되는 구나. 살려준 데다가 천외비문의 인문이라는 거대한 세력까지 붙여주고, 더불어 큰 형님께서 잘 했다며 술까지 사주셨다는데, 왜 삐졌을까? 고마워해야 하는 게 옳지 않느냐?"

월야마령이 대답했다.

"정파새끼라 그런가 보지요."

그 순간 철리패가 움찔했다.

"정파새끼?"

천살마령이 아니라는 듯이 고개를 저었다.

"아. 넷째 형님 말씀은 두 팔 다 달린 정파새끼를 말하는 거요."

침묵하고 있던 신검이 입을 열었다.

"그건 날 말하는 건가?"

괴겁마령이 한숨을 내쉬었다.

그러더니 바로 표정을 굳히며 말했다.

"아는가? 철리패. 하지후. 너희가 지금껏 살아있는 건, 너희가 잘나서가 아니야. 우리가 살려주었기 때문이야."

철리패가 한 걸음 내딛었다.

"같은 생각이군. 너희가 지금껏 살아있는 이유가 바로 그거였지. 마도의 쓰레기들아."

괴겁마령의 입매가 비틀렸다.

"쓰레기라. 정겹구나. 그래, 우리는 마도의 쓰레기고 너

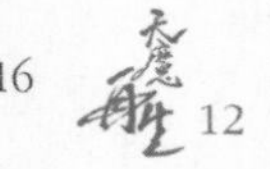

희는 정파 새끼님들이고. 그랬었지."

신검이 짜증이 나는지 눈살을 찌푸리며 옆으로 물러났다.

"시끄럽구나. 계집처럼 종알거리지 말고, 둘 중 한 놈만 남겨."

괴겁마령과 철리패가 동시에 신검을 노려보았다.

신검은 그들을 번갈아 보며 말했다.

"왜? 너희는 칠팔십 년 동안 만나기만 하면 그렇게 죽네 사네 하는데, 이제는 지켜보기도 지겹구나. 이제 한 놈은 죽고 한 놈은 살 때도 되었지 않나? 뭘 둘 다 계속 살라고 그래."

철리패와 괴겁마령은 입매를 씰룩거렸다.

그러며 같은 생각을 했다.

'칠팔십 년이나 되었나?'

그랬다.

마도의 오대마령과 사도의 사괴와 요웅, 정도의 권황과 검성, 도제는 같은 배분이었다.

그들 중 누가 특별히 낫거나 못하지도 않기에 경쟁했고, 이따금 협동했으며, 때로는 생사를 가르기 위한 싸움도 벌였다.

권황 철리패와 괴겁마령은 그들 중에서도 앙숙이었다.

그들은 만나기만 하면, 이랬다.

아니다.

이 정도가 아니었다.

죽기 살기로 싸웠다.

그때마다 누가 말리지 않았다면, 벌써 둘 중 하나는 이 세상에 없었을 것이다.

하지만 지금은 말릴 사람이 없다.

남장후는 그들에게 기다리라고 한 후, 자신의 직속수하인 백궁마자들과 소한살객만을 대동하고 어디론가 사라져 버렸다.

그렇다면 신검이 남장후의 역할을 대신하여 이 싸움을 말릴 수 있을 텐데, 그는 한 걸음 뒤로 빠져 오히려 부추기고 있다.

그렇다면 협왕 위수한은?

위수한이 철리패 쪽으로 고개를 들이밀더니 은근한 목소리로 속삭였다.

"저는 선배가 이길 거라고 확신합니다."

혈우마령이 크게 웃었다.

"푸하하하하하하핫! 저 영악한 새끼 좀 보게. 둘째 형님. 정리하시죠. 이 정도면 큰형님께서도 이해하실 겁니다."

괴겁마령이 환하게 웃으며 철리패를 향해 한걸음 다가섰다.

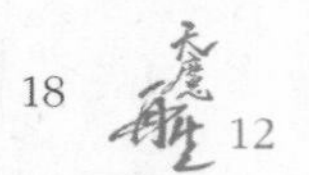

"정말 이해하실까?"

혈우마령이 크게 고개를 끄덕였다.

"그럼요."

"그래. 이해해주실 거야."

그러며 괴겁마령은 또 한걸음을 내딛었다.

그러자 그에 호응하듯 철리패가 그를 향해 마주 한걸음 다가갔다.

"칭얼대는 구나."

괴겁마령이 계속 걸음을 옮겨 철리패에게 다가갔고, 철리패 역시 같은 속도로 다가갔다.

그들은 반장 정도의 거리를 두고 멈췄다.

손을 뻗으면 바로 닿을 수 있는 간격이다.

그럼에도 두 사람은 서로를 노려만 볼 뿐, 움직이지 않는다.

침묵이 흐른다.

어느 순간 괴겁마령의 몸이 검게 물들어가기 시작했고, 철리패는 그에 호응하듯 하나 뿐인 손을 천천히 주먹 쥐었다.

괴겁마령이 새까맣게 변했고, 철리패의 주먹이 무쇠처럼 굳어졌다.

둘이 동시에 서로를 향해 상체를 굽힌다.

그때였다.

"죽는다, 둘 다."

그 순간 철리패와 괴겁마령은 동작을 멈췄다.

그들의 옆, 어느새 남장후가 서 있었다.

철리패와 괴겁마령은 눈동자만을 돌려, 남장후를 바라보았다.

남장후의 미간에 푸른빛이 어리며, 눈동자를 그렸다.

수라마안!

그가 화가 났다는 증거였다.

괴겁마령이 말했다.

"죄송합니다."

"뭐가?"

괴겁마령은 대답하지 않고 그저 고개를 푹 숙였다.

남장후의 눈동자가 철리패에게로 옮겨갔다.

철리패는 주먹을 풀더니, 괴겁마령처럼 고개를 숙였다.

남장후의 시선이 멀리 떨어져 있는 신검에게로 움직였다.

그러자 신검은 마주 보며 말했다.

"본래 애들은 싸우면서 크는 법이라오."

그 순간 괴겁마령과 철리패가 숙였던 고개를 번쩍 들어 신검을 노려보았다.

남장후의 시선이 위수한에게로 옮겨갔다.

그러자 위수한은 기다렸다는 듯 단호한 어조로 말했다.

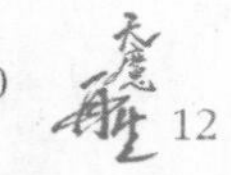

"이렇듯 우리는 손을 합칠 수 없는 사람들이지요. 우리 모두가 공감할 대의와 명분이 없다면 말입니다."

남장후가 피식 웃었다.

"대의? 명분?"

위수한은 힘차게 고개를 끄덕였다.

"그렇습니다. 대의와 명분! 선배께서는 설명해 주셔야 합니다. 아니, 저희를 설득하여야 합니다. 제가 선배를 도와 천문과 싸워야 할 만한 대의와 명분을 말입니다."

남장후가 그에게로 다가갔다.

"없다면?"

위수한은 말했다.

"전 돌아가겠습니다."

남장후가 고개를 저었다.

"아니지. 넌 돌아가지 않아. 천문과 손을 잡고 날 막으려 하겠지. 그래서 내가 불렀을 때 아무 말 없이 달려온 것이지."

위수한이 고개를 끄덕였다.

"옳습니다. 전 그럴 겁니다. 철리패 선배 역시 그럴 것이고, 저 정체모를 신비검객, 신검 또한 그럴 겁니다."

철리패가 툭 뱉었다.

"끼워 넣지 마라."

신검이 고개를 저었다.

"난 안 그래."

위수한이 두 사람을 번갈아 본 후, 씩 웃었다.

"아니요. 그럴 겁니다. 선배님들은 그런 분이시지요."

철리패와 신검이 피식 웃었다.

"하여간 잘 끼워 넣는다니까."

"안 낚인다, 녀석아."

위수한의 시선이 다시 남장후에게로 돌아왔다.

"보셨지요? 저희는 그렇습니다. 그러니 이제 설득해주시지요."

남장후는 대꾸치 않았다. 그저 가만히 위수한을 노려볼 뿐이었다.

위수한이 갑자기 표정을 풀더니, 아이처럼 환하게 웃었다.

"왜 그러십니까? 이쯤에서 좀 설명 좀 해주십시오. 선배께서 저희를 끌어들였을 때는 그만한 대의명분이 있기 때문이란 걸 모르는 사람이 여기 누가 있습니까? 그러니 그만 좀 답답하게 하시고, 들려주세요. 헤헤헤헤헤헤헤."

그제야 남장후의 입이 벌어졌다.

"없다면?"

그 순간 위수한이 웃는 표정 그대로 굳었다.

남장후가 다시 말했다.

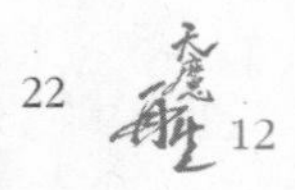

"만약 없다면? 그런 게 없어서 지금 내가 난감하다면? 그래서 너를 이 자리에 죽여서 미연에 큰 변수를 제거하겠다면?"

위수한이 어색한 표정으로 말했다.

"있잖습니까?"

"그래. 물론 있지. 그래도 없다면? 네 녀석이 건방지게 굴어서 없고 싶다면?"

위수한이 침을 꿀꺽 삼켰다.

남장후가 말했다.

"한 번 뿐인 인생이다. 인생이 두 번이나 된 경우는 나정도 뿐이었지. 너까지 그럴 리는 없어. 그러니 목숨을 걸 만할 때 걸어라. 한 번만 더 이러면 죽는다. 너라고 예외는 없어. 의심하지 마라. 예외는 오직 나뿐이야."

위수한이 눈매가 날카로워졌다.

입매는 파도처럼 꿈틀거렸다.

두 손은 파르르 떨린다.

아무리 남장후라고 하지만, 이 이상의 모욕은 참을 수 없는 걸까?

위수한의 입이 쩍 벌어진다.

"캬! 역시 장후 선배! 뼈가 되고 살이 되는 조언입니다! 가슴 깊이 새기고 수십 년 후에 수명을 다하여 죽는 그 날까지 잊지 않겠습니다!"

그의 모습에 철리패와 신검이 동시에 한숨을 쉬었고, 네 명의 마령은 비웃음을 머금었다.

역시 위수한 답구나 싶을 뿐이었다.

남장후가 표정을 풀고 말했다.

"그렇지 않아도, 이제 설명을 좀 해주려고 했다."

그러며 몸을 돌렸다.

"아니, 설명할 사람을 데려오려고 했지."

남장후의 시선이 닿는 곳 누군가가 모습을 드러냈다.

묘령의 여인이었다.

여인은 용모가 피어난 꽃처럼 화려했다.

뿐만 아니라 몸매 역시도 호리병처럼 굴곡이 져, 마치 그림이나 조각이 아닐까 의심스러울 정도였다.

그 순간 위수한의 표정이 굳었다.

"저 여인은?"

남장후가 빙긋 웃었다.

"그래. 네 애인이다."

여인이 반갑다는 듯 위수한을 향해 손을 흔들며 맑은 목소리로 말했다.

"오랜 만이네, 자기."

반대로 위수한은 맹수처럼 얼굴을 일그러트리며 크게 외쳤다.

"십면사괴. 당신이 왜 여기에 있어!"

†

십면사괴.

사도무림을 이끌었던 두 명의 거물 중 하나.

여기 모인 이들이 살아있는 전설이라면, 그녀는 잊힌 전설이다.

아니, 지워진 전설이라고 해야 할까?

수라천마 장후가 사라진 세상은 정파무림의 연합체인 제협회와 오대마령의 오륜마교가 절반씩 나누어 차지해 버렸다.

당시 둘로 나뉘어져 패권을 다투던 사도무림은 기회를 놓쳐 설 자리를 잃고 말았다.

그렇게 그들은 지워졌고, 잊혀졌다.

하지만 세상 사람들은 그녀를 잊을 수 있을지언정, 그들을 지워버린 이들까지 그녀를 잊을 리는 없다.

또한 십면사괴 역시도 자신을 지워버린 이들에 대한 증오와 복수심까지 잊을 리는 없겠지.

십면사괴를 지워버린 건, 바로 이 자리에 있는 사람들이다.

그러니 십면사괴는 검과 함께 몸을 날려야 마땅했다.

이들 중 하나라도 죽여서 지난 수십 년 동안의 치욕과 고단함을 앙갚음해야만 했다.

헌데 십면사괴는 너무나 반갑다며 환한 웃음을 머금고 손짓만 해대고 있을 뿐이었다.

반대로 위수한은 노여움을 참을 수가 없다는 듯 얼굴을 붉게 물들이며, 그녀를 노려보았다.

십면사괴가 위수한을 향해 달콤한 목소리로 물었다.

"그렇게 반가워?"

위수한이 버럭 외쳤다.

"그래! 당장 죽이고 싶을 정도로 반갑구나!"

십면사괴는 고개를 갸웃거렸다.

"왜 그래? 아. 요즘 욕구불만이야? 한 번 풀어줘? 여기는 좀 곤란하고. 이따가, 저기 풀이 좀 우거진 대로 갈까?"

여자가 할 말이 아니다.

그럼에도 지켜보는 모두는 당연하다는 듯했다.

십면사괴는 원래 저런 여인이었으니까.

십면사괴의 시선이 위수한에게서 떨어져, 다른 사람을 향했다.

"우와! 다들 이게 얼마만이에요? 저 기억나시죠?"

대답은 나오지 않았다.

철리패는 못 볼 것을 보았다는 듯이 질끈 눈을 감았고, 신검은 고개를 돌려 외면했다. 그리고 네 명의 마령은 당황한 얼굴로 서로를 돌아보며 눈빛을 교환했다.

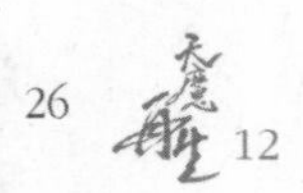

십면사괴와 대화를 나누거나 눈이 마주치는 것이 두렵다는 듯했다.

아니, 두렵다기보다 어려워하는 것만 같다고 해야 할까?

이상한 일이었다.

이들은 승자이다.

두려움을 느끼는 이들이 아니라 두려움을 주는 존재들이다.

어려움을 느끼기보다 어려움을 안기는 이들이다.

반면 십면사괴는 분명 대단한 여인이기는 하지만, 그들의 입장에서 보면 패배자일 뿐이었다.

그러니 어려워한다면 십면사괴가 어려워하고, 두려워한다면 십면사괴가 두려워해야 했다.

하지만 십면사괴는 그저 반가워만 할 뿐이었다.

"다들 오랜 만이에요. 살다보니까 이렇게 다시 만나게 되네. 우리 모두가 이렇게 만난 게 얼마만인지 모르겠네요. 한 이십 사오년 된 거 같은데. 그렇죠?"

듣지 못했는지, 대답하는 사람은 없었다. 그저 먼 하늘이나 땅으로 시선을 둘 뿐이었다.

십면사괴가 고개를 갸웃했다.

"나만 반갑나봐? 서운하네. 예전엔 나만 보면 다들……."

"반갑소."

모두의 시선이 한 방향으로 돌아갔다.

신검이었다.

'설마 너도 였냐?' 라는 눈빛이었다.

십면사괴가 눈매를 힘없이 내리며 볼을 부풀렸다.

"다들 서운하네요. 언제는 내가 첫사랑이라고, 마지막 사랑이기도 하다고 할 때는 언제……."

위수한이 버럭 소리 질렀다.

"그건 당신이 날 배신하기 전이지!"

십면사괴가 고개를 갸웃거렸다.

"네 얘기 하는 거 아닌데?"

위수한의 눈이 커졌다. 그리고 천천히 고개를 돌렸다.

신검과 철리패, 그리고 네 명의 마령을 훑는다.

모두가 위수한의 시선을 피해 이리저리 고개를 돌렸다.

그제야 알겠다는 듯 위수한의 입이 살짝 벌어졌다.

십면사괴가 방긋 웃으며 말했다.

"나 좋아한 사람이 너 밖에 없겠니? 내가 누군가의 첫사랑이기에 나쁜 외모는 아니잖아?"

위수한이 입매를 비틀었다.

"하지만 마지막이기에는 아주 나쁘지."

그때였다.

남장후가 귀찮다는 투로 말했다.

"치정싸움은 나중에 너희끼리 하고. 지금은 싸움할 준비나 하지."

그제야 이리저리로 향했던 사람들의 시선이 남장후에게로 모였다.

남장후는 모두를 한 번 둘러본 후, 짧은 한숨을 쉬었다.

"여자가 저 요괴 하나만 있는 것도 아닐 텐데……."

그러자 다들 민망한지, 헛기침을 할 뿐이었다.

남장후는 십면사괴에게로 고개를 돌렸다.

"자, 얘기해 보거라."

십면사괴가 눈을 껌뻑였다.

"무슨 얘기요? 전 그저 잡혀왔을 뿐인 걸요? 오히려 제가 여쭙고 싶네요. 당신께서는 어떻게 저를 그토록 쉽게 찾아낼 수 있는 거죠?"

"아. 그렇지."

남장후의 눈동자가 파랗게 변한다.

그러자 십면사괴의 얼굴이 딱딱하게 굳었다. 그러며 전신을 부들부들 떨었다.

"으으으으윽. 뭐하는 거죠?"

남장후가 비린한 미소를 지으며 말했다.

"이 계집은 남자를 농락하는 재주 하나는 타고 났지. 왜일까? 아홉이나 되는 남자를 항상 거느리고 다녀서일 거야."

십면사괴는 열 개의 인격을 가지고 있다고 한다.

그 중 중심인격이 바로 이 요부와 같은 여인이고, 나머지 아홉은 다 남자이다.

남장후가 언급한 아홉 명의 남자란 바로 십면사괴의 다른 인격들을 뜻하는 것이리라.

십면사괴의 용모와 체형이 바뀌어갔다.

소년이 되었다가 노인이 되고, 기골이 장대한 장수가 변했다가, 깡마른 학사가 되었다.

그렇게 아홉 번을 변한 후, 다시 아름다운 여인의 외모로 돌아온다.

십여 차례 반복하여 변하던 십면사괴가 어느 순간 딱딱하게 굳었다.

생기가 느껴지지 않는다.

마치 깎아 놓은 인형만 같았다.

남장후가 이제야 되었다는 듯 눈동자의 빛을 본래의 색으로 돌렸다.

그리고 집중하느라 잠시 다물었던 입을 열었다.

"하지만 자신을 농락할 수 있는 남자를 만나면 어떨까?"

위수한이 퉁명스레 말했다.

"그런 남자가 세상에 있겠습니까? 보십시오. 이 대단한 선배들도 다 당했잖습니까."

모두가 입만 쩝쩝 다셨다.

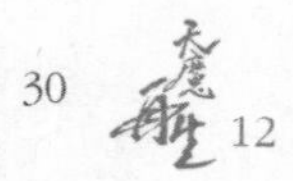

남장후가 피식 웃었다.

"나는 아닌데?"

"선배니까 아닌 거지요. 선배께서 조금 전 말씀하시지 않았습니까? 선배만은 예외라고요. 이번도 그런가 보지요."

"그래. 난 예외이지. 그래서 나만은 이 요부를 다룰 수 있지."

"붙어 있을 때는 그렇겠지요. 하지만 이 여자는 제가 더 잘 압니다. 잠깐 눈을 떼면 무슨 짓을 할지 모르는 여자에요. 믿어서는 안 됩니다."

"항상 붙어있으면 되지."

"이 여자와 항상 붙어있을 수 있으시겠습니까? 그렇게 시간이 많은 분이셨습니까?"

"꼭 붙어있어야 하나? 붙여 놓으면 되지."

"누굴요? 장후 선배 정도나 이 여자를 다룰 수 있지, 다른 사람은 무리입니다. 검성 하지후 선배라면 좀 다를까 싶었는데, 오늘 보니 그 분이라고 해도 안 될 것 같군요."

신검은 고개를 들어 하늘만 바라보았다.

스르르.

십면사괴의 눈에 빛이 맺힌다.

푸른색이었다.

"그렇지. 그러니 나를 이렇게 붙여두면 되는 거야."

목소리는 다르지만 말투가 익숙하다.

남장후와 흡사했다.

지켜보던 모두의 눈이 크게 벌어졌다.

남장후가 말했다.

"소개하지. 십면사괴의 열한 번째 인격, 수라심(修羅心)이다."

십면사괴, 아니 수라심이 남장후와 흡사한 말투로 말했다.

"내가 뭔지 굳이 소개할 필요는 없겠지? 그 정도 눈치는 다들 있을 거 아냐?"

†

지난 오 년 전, 위수한은 십면사괴를 만났을 때 그녀가 수라천마 장후와 손을 잡았다는 걸 알게 되었다.

아니, 손을 잡은 게 아니라, 손이 잡힌 것이겠지.

당시에 짐작하기로 십면사괴가 남장후의 제안을 빙자한 명령에 따라 다시 나타난 집마맹, 즉 악마사원의 자은마맥의 안에 잠입한 것만 같았다.

하지만 십면사괴는 그 후로 다시 모습을 드러내지 않았다. 자은마맥이 장후에게 궤멸되는 그 순간까지도 그녀는 어디에도 없었다.

위수한은 나름 결론을 내렸다.

십면사괴가 위기를 느끼고 도주한 것일 것이라고.

그녀는 항상 그런 식이었기에, 이번에도 다르지 않으리라 여겼다.

그 후로 이따금 생각나기는 했다.

십면사괴는 어디서 무엇을 하고 있을까?

또 무엇을 위해 움직이고 있을까?

하지만 답은 나오지 않았다.

이제 알겠다.

아직도 십면사괴는 수라천마 장후의 손아귀에서 벗어나지 못하고 있었던 것이다.

그리고 또 알겠다.

이런 방식이라면 아무리 십면사괴라고 하여도 수라천마에게서 도망치거나 배신할 수 없다는 것을.

'수라심!'

남장후가 십면사괴의 열한 번째 인격이라고 소개했다.

'열한 번째 인격이라고?'

위수한은 그 누구보다 십면사괴를 잘 안다고 자부했다.

그녀의 인격은 열 개였다.

숨겨진 또 하나의 인격 따위는 없었다.

그러니 거짓말이어야 한다.

하지만 수라천마 장후는 거짓말을 하지 않는다는 것 또한 위수한은 누구보다 잘 알고 있었다.

그렇다는 건?

수라천마 장후가 십면사괴의 안에 수라심이라는 인격을 집어넣은 것이다.

그리고 그 수라심이 은막에 숨어서 십면사괴의 열 개의 인격을 모조리 지배해버린 것이다.

어떻게 그럴 수 있을까?

수라심이라는 인격을 생성한 방법은 알 수가 없었다.

하지만 수라심이 십면사괴의 열 개의 인격을 모조리 지배할 수 있었던 이유는 알 것 같았다.

수라심!

저 말투와 표정, 그리고 눈빛.

수라천마 장후와 너무나 흡사하다.

저 수라심이라는 인격은 수라천마 장후의 인격을 복사한 것이리라.

십면사괴가 아무리 강하다고 하여도 어떻게 수라천마 장후를 감당할 수는 없다.

그러니 십면사괴가 수라심에게 지배되는 건 당연한 결과였다.

수라심이 말했다.

"이제부터 내가 겪고 했던 일을 알려주지."

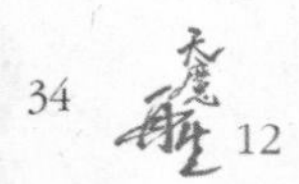

그러더니 휙 고개를 돌려 남장후를 바라본다.

"그런데 꼭 해야 해? 귀찮은데?"

"안다. 그래도 해라."

"알겠다, 주인. 그런데 어디서부터 설명해야하지?"

"처음부터."

"처음? 이 녀석들, 아예 모른다는 거야?"

그러며 놀랍다는 듯 네 명의 마령과 철리패, 신검, 위수한을 둘러보았다.

"이 녀석들이 그 정도로 멍청하지는 않았었는데?"

모두가 꿈틀했다.

수라심이 다시 남장후에게로 고개를 돌렸다.

"이 멍청한 것들을 끌고 오느라 고생 좀 했겠군."

남장후가 갑자기 마음에 안 든다는 듯이 눈매에 힘을 주더니, 위수한 쪽을 돌아보며 물었다.

"내가 이래?"

위수한이 되물었다.

"몰랐습니까?"

"그랬군."

남장후가 다시 수라심에게로 고개를 돌렸다.

"이제 그만 시간 끌고, 설명해주거라."

수라심은 사람들을 둘러보며, 짧은 한숨을 쉬었다.

"하아. 뭘 어디서부터 설명해야 하나? 그래, 그게 좋겠군.

천외비문의 정체가 뭔지 알아?"

모두가 고개를 갸웃했다.

천외비문이 천외비문이지, 무슨 정체가 또 있다는 건가?

수라심이 비웃음을 머금었다.

"근간부터 글러먹은 녀석들이네. 이것들 봐. 세상이 비탄으로 물들면 튀어나와 구원하고 사라진다? 그게 말이 돼?"

위수한이 모두를 대표하며 물었다.

"안 될게 뭐가 있소?"

"너나 되겠지. 하지만 한 사람의 포부는 그럴 수 있어도 무리가 같은 포부를 품고 움직일 수는 없어. 너희만 봐도 그렇지 않아? 너희 일곱. 지금 이렇게 모여는 있지만 크게는 둘로 나뉘어 있고, 작게는 다시 일곱으로 더 나뉘지. 일곱이 모였는데, 일곱이 다 달라. 그런데 하나의 단체가 천 년동안 오직 한 마음으로 한결같을 수가 있다고? 정말 그렇게 여겨?"

신검이 오랜만에 입을 열었다.

"지(志)가 있다면 그럴 수 있지."

지(志).

하나의 숭고한 대의.

하지만 괴겁마령의 생각은 달랐다.

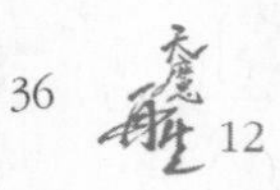

"아니면, 그래서 떨어지는 이익이 있거나."

수라심이 고개를 끄덕였다.

"그래. 지, 혹은 이익. 둘 다 맞아. 천외비문이 지를 표방하고, 이익을 챙겨왔다면 그럴 수 있어. 그렇다면 그들이 세상을 구원함으로써 얻은 숭고한 지나 이익이 뭘까?"

모두가 입을 다물었다.

짐작조차 가지 않았기 때문이었다.

수라심은 그들이 답을 내릴 수 없음을 미리 알고 있었다는 듯 바로 말했다.

"그들은 정의롭지 않아. 그들은 대의를 추구하지도 않아. 오히려 지독히 이기적이고, 독선적이야. 좋아. 천외비문의 천문의 진짜 이름을 말해주지."

수라심은 모두를 한 번 더 훑어본 후 말했다.

"천금마맥(天金魔脈). 집마맹과 자은마맥과 함께 악마사원에서 갈라져 나온 가지이지."

NEO ORIENTAL FANTASY STORY

第百十二章.

천외비문의 역사

第百十二章.

천외비문의 역사

천금마맥.

천외비문이 악마사원의 세 지류 중 하나인 천금마맥이라고?

위수한이 다급히 물었다.

“뭔가 잘 못 아신 거 아니오? 악마사원은 삼백 년 전, 멸세천마 고극을 따랐던 무리를 칭하는 것으로 알고 있소. 그런데 천외비문의 역사는 천년을 헤아립니다. 아귀가 안 맞지 않소.”

수라심이 고개를 절레절레 내저었다.

“아예 처음부터 시작해야 했군.”

그러며 어쩔 수 없다는 듯 짧은 한숨을 쉬었다.

"좋아. 이야기를 다시 시작하지. 악마사원, 거기서부터 시작하지. 잘 들어. 두 번 얘기는 안 하니까."

†

지금으로부터 천년 쯤 전이다.

한 사람이 나타났다.

이름은 모른다.

그가 어디서 왔는지도 모른다.

하지만 그가 어떻게 살아왔는지는 천년이 지난 지금까지도 회자되고 있다.

그는 하늘에서 뚝 떨어진 마귀 같았다.

닥치는 대로 부수고, 무너트렸고, 죽이고, 없앴다.

왜 그랬을까?

모른다.

그저 그는 그러기 위해 태어난 존재인 듯만 했다.

아니, 그러라고 하늘에서 내려 보낸 존재인 것만 같았다.

그렇기에 사람들은 그를 이렇게 불렀다.

천마(天魔).

하늘에서 내려온 마귀.

무림사상 최초로 신화의 경지에 이르렀으리라고 추측되

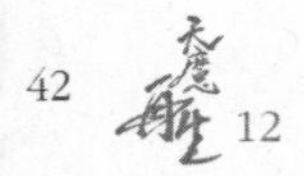

는 존재.

온 세상이 일어나 그에게 맞섰다.

하지만 그 무엇도 그의 행보를 막을 수가 없었다.

그의 발길이 닿는 곳에 있던 마을과 도시는 무너졌다.

나중에는 국가에서 사활을 걸고 대군을 부려 맞섰지만, 역시나 마찬가지였다.

대륙에 존재하던 십여 개의 국가가 그 한 사람을 막지 못해 사라져 버렸다.

그렇게 존재하던 모든 체제가 그의 두 발에 의해 지워져 버렸다.

결국 그는 더는 부술 것이 없기에 걸음을 멈췄다.

그 날, 그는 신(神)이 되었다.

사람들은 살아남기 위해 그에게 복종을 맹세했고, 가진 모든 것을 스스로 가져다 바쳤다.

재물을 원하면 재물을 내놓았고, 목숨을 원하면 목을 내놓았다.

그렇게 그는 사상최초로 온 세상을 정복한 인물이 되었다.

하지만 그의 시대는 그리 오래 가지 못했다.

그는 나타났을 때처럼 홀연히 사라졌기 때문이었다.

어째서일까?

모른다.

지금까지도 밝혀지지 않았다.

그저 그는 사라졌고, 세상은 다시 전쟁과 격변에 빠져들었다.

그가 버리고 간 세상을 서로 차지하겠다고 일어섰기 때문이었다.

거기까지가 세상이 알고 있는 역사이다.

"천마가 사라진 후, 세상을 차지하겠다고 일어선 일곱 개의 군벌 중 하나는 천마에게 충성을 맹서하는 대가로 그에게 무공을 전수받은 이들이었어. 그들은 천마를 사람이 아닌 신으로 받들었고, 그 때문에 종교와 같은 성격을 가졌지."

수라심의 말에 신검이 속삭였다.

"천마신교(天魔神教)."

천마신교.

쉽게 그저 마교라고도 불린다.

만마(萬魔)의 근원.

이 자리에 있는 네 명의 마령의 출신문파들도 그 근원을 천마신교에 두고 있었다.

수라심은 고개를 끄덕였다.

"그래. 천마신교야. 자, 이제부터가 너희도 모르는 비사일 거야."

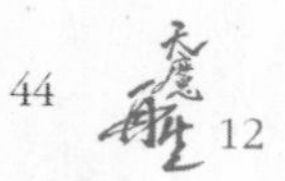

†

천마가 사라진 후 일어선 일곱 개의 군벌 중 최강은 누가 뭐라고 해도 천마신교였다.

그들은 천마의 적자를 자처했고, 천마가 두고 간 재산 중 대부분을 사용하고 있었으며, 천마가 귀찮다는 듯 던져준 절대마공까지 익히고 있었다.

그러니 그들이야말로, 천마가 없는 세상을 독차지할 자격이 충분했고, 그게 가능한 실력과 세력 역시 갖추고 있었다.

뿐만 아니라 그들은 온순했다.

천마신교는 가진 모든 것을 천마에게 남김없이 헌납한 이들이다.

그러니 그들은 무욕했으며 경건했다.

그들은 구도자들이었기 때문이었다.

단 하나의 문제라면 천마가 혼란한 세상을 피와 죽음으로 정화시키러 내려온 신이라고 믿는다는 것.

그 정도 뿐이었다.

하지만 다른 여섯 세력은 연맹하여 천마신교를 공격했고, 천마신교는 천마가 남기고간 주구이며 마귀라고 외치며 명분을 세웠다.

천마신교는 그렇게 무너져 갔다.

그들은 죽어가며 외쳤다.

천마시여.

우리의 신이시여.

돌아오셔서 우리를 구원하소서.

하지만 천마는 돌아오지 않았다.

결국 천마신교는 살아남기 위해 뿔뿔이 흩어졌고, 그들 중 증오와 복수를 꿈꾸는 이들은 마도(魔道)가 되었다.

하지만 여전히 천마가 신이라 믿으며, 그가 언젠가는 돌아올 것이라고 믿는 이들은 바다로 달아나 사람이 살지 않는 섬을 찾아내 정착하게 된다.

그들은 스스로를 이렇게 불렀다.

"천마사원(天魔祠院). 악마사원의 전신이지. 바로 이곳을 부르는 이름이기도 하고."

†

증오와 복수에 불타 마도로 흘러간 다른 지류와는 달리, 천마사원은 자신들이 신으로 모시는 천마가 사라진 이유와 어디로 사라졌는지를 찾으려고만 했다.

하지만 성과는 없었다.

이따금 세상이 혼란스러워 졌을 때, 혹시 자신들의 신이 돌아왔는가 하는 짐작으로 개입했지만 역시 아니었다.

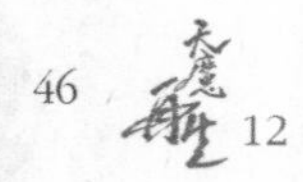

시간이 흐르며 기다림은 참을 수 없는 상실감과 박탈감으로 변해갔다.

부모에게 버림받은 아이의 심정이랄까?

시간이 흐르며 그들의 신앙심은 흐릿해졌고, 대신 의심과 미혹, 회의심이 자리를 잡았다.

우리는 농락당한 것이 아닐까?

천마는 신이 아니라, 사람들이 말하는 것처럼 간악한 마귀가 아니었을까?

우리는 가지고 놀다가 관심이 끊어져 내던지고 잊어버린 장난감처럼 그저 버림받은 게 아닐까?

하기에 그들의 가슴 속에는 어느 날부터 천마에 대한 분노와 복수심이 깃들었다.

그렇게 그들의 비원은 시간이 흐르며 점차 변질되기에 이른다.

그들은 분풀이를 위해, 천마와 흡사한 방식으로 세상을 지배하려는 이들이 나타날 때마다 그들의 제사복이었던 푸른 옷과 백색의 검을 들고 나갔다.

구원받은 세상의 사람들은 그들에게 정의와 협의의 신비문파라고 칭송하며 천외비문이라는 이름을 붙여주었다.

너무나 우스운 일이었다.

마귀라고 쫓아낼 때는 언제고 이제와 협객이라니.

하지만 사람들의 찬사는 그들이 겪는 상실감과 박탈감을 희석시켜 주었다.

그건 나쁘지 않은 기분이었다.

시간은 흘러 천마사원의 교도 중 스스로를 천외비문이라 부르는 이들이 늘어나기 시작한다.

그리고 천마사원이라는 이름을 점차 지워갔다.

그건 또 다른 갈등의 씨앗이 되었다.

씨앗이 발아하여 분란이라는 싹을 피울 만큼 시간만한 흐른다.

결국 참다못한 일부가 떠난다.

그들은 스스로를 천금종인(天金宗人)이라 칭하며 천마의 흔적을 쫓겠다고 한다.

그들이 떠남으로써 천마사원은 사라졌다.

오직 천외비문 만이 있을 뿐이었다.

그리고 또 시간이 흘러갔다.

삼백 년 전, 천외비문 내에서 천재가 태어난다.

그는 천외비문 내에 전승되는 모든 무학을 대성한 후, 그를 뛰어넘어서 자신 만의 무도를 이루어간다.

결국 그는 시조였던 천마를 뛰어넘었다고 불릴 정도의 경지에 오르게 된다.

고극.

그의 이름은 고극이었다.

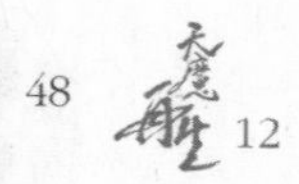

후일 멸세천마라고 불리게 되는 두 번째 천마의 탄생지는 바로 천외비문이었던 것이다.

†

위수한은 혀를 내둘렀다.

"놀랍군. 멸세천마의 근원이 천외비문이라니."

수라심이 고개를 저었다.

"아니. 정확히 말하면 천마사원이라고 봐야 했지."

철리패가 끼어들었다.

"복잡하군."

수라심이 피식 웃었다.

"천년이라는 세월 동안의 역사를 설명하는 거야. 이 정도 뿐이겠어? 더 많고 복잡한 일이 있었지. 이마저도 너희가 쉽게 이해할 수 있도록 요약하는 거야."

모두가 고개를 살짝 끄덕였다.

하기야 맞는 말이다.

천년이라는 시간, 대륙에서는 수십 개의 왕조가 나타났다 사라졌던 긴 기간이다.

하나의 단체가 그런 긴 세월을 유지되어 왔다는 것 자체만으로도 기적적인 일이다.

그러니 그 과정 중에 다툼과 갈등까지 없었다면 그게 더 이상하다고 해야 했다.

수라심이 멈췄던 설명을 이어갔다.

"고극. 제 이의 천마. 시조인 시천마를 능가하는 신화경의 존재. 하지만 천외비문에게 그의 등장은 비극이었지."

위수한이 되물었다.

"비극?"

수라심이 고개를 끄덕였다.

"그래. 천외비문은 삼백 년 전, 고극에게 궤멸되었으니까. 주춧돌 하나 남기지 않고."

철리패가 물었다.

"궤멸되었다고? 그렇다면 지금의 천외비문은 뭐지?"

수라심이 빙긋 웃었다.

"들어봐. 이제부터 재밌으니까."

†

고극.

제이의 천마.

그는 천외비문의, 아니 천마사원의 시조였던 시천마를 능가할만한 인물이었다.

직접 놓고 비교해 보아야 누가 나은지 못한지를 알 수 있지 않을까 싶을 정도이리라며 칭송받았다.

천외비문은 열광했다.

천마라는 신이 사라지고 칠백 년이라는 시간이 흘러, 결국 그들은 스스로 또 다른 신을 만들어내고 만 것이다.

우리가 만들어낸 신은 천마와 달리 우리를 버리지 않으리라.

정의로우리라.

협의로우리라.

우리가 만들어낸 신이니, 분명 그러하리라.

그러하지 않다면, 그리하도록 만들리라.

그럼으로써 세상은 고극이라는 새로운 신의 광영 아래 재정립되리라.

하지만 고극은 그들의 기원과 같은 존재가 아니었다.

천마가 남긴 마공을 익혔기 때문일까?

아니면, 본래의 성향 그 자체가 그랬던 걸까?

고극은 시천마보다 더 난폭했으며, 시천마보다 더 잔인했다.

그는 천외비문이라는 이름을 버리고, 천마사원으로 돌아가자고 외쳤다.

아니, 천마라는 두 글자마저 버리고 악마의 사원이 되어, 세상을 차지하자고 했다.

하지만 천외비문의 사람 중에 동조하는 이는 없었다.

우려하고 걱정했다.

고극이 마음을 바꾸어 먹도록 설득하고, 막으려고 했다.

결국 고극은 천외비문을 포기했다.

그리고 자신만의 사원을 만들겠다고 선언하게 된다.

그날, 고극에 의해 천외비문은 멸망했다.

칠백 년의 역사를 자랑하던 천외비문은 그렇게 사라져 버렸다.

그리고 고극은 세상에 나와 멸세천마라는 이름을 얻게 된다.

†

위수한이 다급히 물었다.

"그럼 지금의 천외비문은 뭐요?"

수라심이 말이 끊겨 짜증이 나는지, 얼굴을 찡그리며 말했다.

"그냥 들어. 아직 이야기가 끝난 게 아니니까."

†

멸세천마 고극이 세상에 한 짓은 모두가 알 것이다.

그는 강했다.

또한 무자비했고, 난폭했다.

 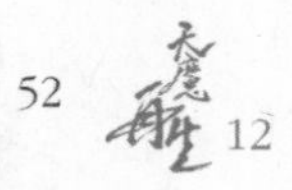

하지만 이기적이었다.

그는 그 자신 밖에 몰랐다.

그렇기에 그는 홀로 세상 전체와 싸워 이길 수 있었지만, 세상을 다스릴 수는 없었다.

그가 두려워 도망치는 사람은 있어도, 그를 따르는 이는 없었기 때문이었다.

고극은 세상을 경영하기 위해서 세력을 갖출 필요성을 느꼈지만, 그런 부분에 대해서는 전혀 알지 못했다.

그러던 어느 날, 고극의 앞에 일단의 무리가 나타난다.

푸른 무복을 입고, 새하얀 검을 든 이들.

고극의 고향이자 그의 손에 무너진 천외비문의 정복이었다.

어떻게 된 걸까?

그들은 고극을 향해 말한다.

"우리는 천마사원의 지류 중 하나인 천금종인이오. 당신께 한 가지 거래를 제안하기 위해 왔소."

사라진 시천마의 흔적을 쫓겠다고 떠났던 이들.

그들이 대체 왜 다시 나타난 걸까?

고극에게 어떠한 제안을 하였을까?

밀담이었기에 상세한 내용은 아무도 알 수가 없다.

다만, 추후의 일들을 통해 짐작할 뿐이다.

천금종인의 대표는 이리 말했을 것이다.

"당신이 세상을 지배할 수 있는 세력을 갖추도록 돕겠소. 대신 우리의 전쟁을 지원하여 주시오."

멸세천마는 이렇게 물었겠지.

"전쟁?"

"그렇소. 전쟁. 우리는 시천마와의 전쟁을 벌이고 있소."

"시천마?"

"그렇소. 우리의 시조이며 신이었던 그는 아직도 살아 있소."

아마, 이렇지 않았을까?

†

네 명의 마령과 위수한, 철리패, 신검의 표정은 심각했다.

지금껏 그들이 들은 내용이 사실이라면, 그들이 심각한 건 당연했다.

천외비문이 시천마를 추종하던 종교, 천마신교의 지류라고 한다.

그리고 진정한 천외비문은 삼백 년 전에 멸문되었단다.

그들을 멸문시킨 사람은 멸세천마 고극이며, 고극의 출신이 천외비문이라고 한다.

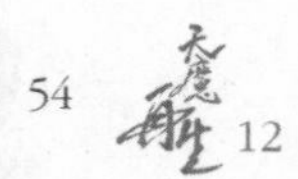

그리고 멸세천마의 앞에 나타난 또 천마신교의 또 다른 지류 천금종인이 시천마는 살아있으며, 자신들은 그와 전쟁을 벌이고 있는 중이라고 했단다.

이 이야기를 어디까지 믿어야 할까?

누군가 그들에게 그렇게 묻는다면 고개를 저으며 하나도 믿을 수 없다고 했겠지.

하지만 지금 설명을 하는 상대는 수라심이다.

수라천마 장후가 자신의 인격을 복사한 인격체이니, 또 다른 수라천마 장후라고 보아도 무방하다.

수라천마 장후는 거짓말을 하지 않는다.

그러니 이 모든 이야기는 사실이었다.

하지만 도무지 받아들이기가 힘들다.

그 사이에도 수라심은 계속 설명을 이어가고 있었다.

"천금종인의 대표와 멸세천마와 나눈 거래의 내용 그 전모가 실제로 어떠했는지는 아무도 몰라. 다만 그 이후에 이루어진 결과물을 통해 거슬러 올라가보면 그들의 거래가 성립되었다는 것만을 유추할 수 있을 뿐이지."

괴겁마령이 속삭였다.

"악마사원."

수라심이 고개를 끄덕였다.

"악마사원. 그것이 바로 그들의 거래가 이루어낸 결과야."

†

멸세천마 고극은 천금종인과의 거래를 통해 세력을 일으키게 된다.

멸세천마가 이름 붙이기를 악마사원.

바로 그것이었다.

멸세천마는 악마사원을 통해 비로소 자신이 원하는 방식으로 세상을 지배하고 군림할 수 있었다.

그 대가로 천금종인은 무엇을 얻었을까?

모른다.

다만 천금종인은 이상한 짓을 꾸민다.

고극에게 궤멸된 천외비문을 부활시킨 것이었다.

정확하게 따지자면 부활한 천외비문은 천외비문이라고 할 수 없었다.

천외비문이라는 가면을 썼을 뿐인, 천금종인의 하위세력이라고 해야 했다.

“천외비문도 그걸 몰라. 정확히 말하면 지문과 인문은 모르지. 천문의 수뇌부 중에서도 일부만이 알고 있어. 왜? 그들이 바로 천금종인에서 파견한 관리자이니까.”

천금종인은 달리 악마사원 내에도 뿌리를 내린다.

악마사원의 세 가지 중 하나인 천금마맥이 바로 그것이었다.

양과 음.

빛과 어둠.

정의와 악의.

세상을 구성하는 가장 큰 틀이다.

그렇게 천금종인은 이면 깊숙이, 근저에 파고든다.

"어쩌면 멸세천마 고극이 그렇게 얼음덩어리 안에서 삼백년 동안 잠들어 있었던 이유도 천금종인의 짓인지 몰라. 꽤 높은 가능성이 있지."

그리고 가장 듣기 싫은 말.

"홍동마맥이 집마맹이라는 이름을 걸고 나타났던 것도 천금종인의 짓인지 몰라. 그렇다면 천외비문이 나타났던 이유 역시 그 때문이겠지? 이 또한 꽤 가능성이 높지."

만약 그렇다면?

"자은마맥이 다시 나타났던 이유도 어쩌면 그들의 짓이겠지. 이 또한 매우 가능성이 높아."

그렇다면?

그 가능성들이 그저 가능성이 아니라, 사실이라면?

"지난 백년의 역사, 이 세상이 이토록 힘겹고 어지러웠던 근저의 원인은 바로 천금종인이라고 봐야 하겠지?"

†

악마사원의 천금마맥.

천외비문의 천문.

그 둘이 하나였다?

음과 양.

빛과 어둠.

세상을 구성하는 근저의 틀이다.

둘 중 하나를 가질 수는 있지만, 둘 모두를 가질 수는 없다.

하지만 천금종인은 은막 뒤에 숨어서, 한 손에는 빛을 그리고 다른 한 손에는 어둠을 거머쥐고 제멋대로 끼워 맞춰 왔다는 거다.

지난 백년 동안……, 아니다.

그들이 멸세천마와 거래를 했던 게 삼백 년 전이고 하니, 그럼 그때부터 세상을 농락해 왔다고 봐야 했다.

대체 왜 그랬을까?

이야기대로라면, 천금종인은 스스로의 능력으로 세상을 지배하고 경영하기에 부족함이 없었다.

그런데 어째서 굳이 뒤로 빠져서 천외비문의 천문과 악마사원의 천금마맥이라는 가면을 쓰고, 그렇게 복잡한 방식으로 세상을 농락해 왔던 걸까?

대체 그들이 원하는 게 뭘까?

모두의 날카로운 시선이 수라심에게로 모였다.

그 답을 알려줄 차례라는 강요의 눈빛이었다.

헌데 수라심은 입을 굳게 다문 채, 고개를 돌렸다.

외면하는 걸까?

아니다.

그의 시선이 남장후를 향해 있었다.

그러자 모든 이들이 시선이 수라심에게서 벗어난 남장후를 향했다.

지금껏 남의 일이라는 양 구경만 하고 있던 남장후가 기다렸다는 듯 빙긋 웃었다.

"밥상을 차려 줬으면 됐지, 떠 먹여주기까지 하라고?"

이 이상은 직접 알아보라는 뜻이다.

모두의 표정이 심각해졌다.

천금종인이라.

그들이 가상이 아니라 실제로 존재한다면 알아낼 수 있다.

나올 때까지 파헤치면 된다.

숨으면 뚫고 끄집어내면 된다.

입을 다물면 찢어서라도 벌리면 된다.

혀를 깨물어 잘라내면, 이어 붙이면 된다.

그 정도는 이 자리에 있는 사람 그 누구라도 할 수 있었다.

존재함을 모를 때는 찾을 수야 없지만, 안다면 어렵지 않다.

이 자리에 있는 이들은 고금을 통틀어도, 수위권 안에 드는 고수이자 절대자들이다.

각기 다른 시대에 태어났다면 천하제일이라는 권좌를 가볍게 획득할 이들이다.

'천금종인.'

모두의 눈빛이 날카로워졌다. 하지만 입매는 즐겁다는 듯이 미소를 머금고 있었다.

적이 생겼기 때문이었다.

이들은 성향이 다르고, 살아가는 방식도 다르다.

하지만 하나의 공통점이 있다면, 싸움과 전쟁을 즐긴다는 점이었다.

본래 그랬던 건 아니었다.

집마맹의 시대, 그 싸움과 전쟁이 일상이던 그 시대를 살았기에, 그리고 버티고 이겨내어 살아남았기에 그렇게 되었다.

그렇기에 그들은 그 시대를 저주하면서도, 사무치도록 그리워했다.

그런데 천금종인이라는 적이 실제로 존재한다면?

그들이 이야기처럼 지난 백년 동안 은막 뒤에 숨어서 세상을 농락해왔다면?

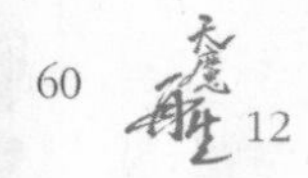

모두의 눈매에 섬뜩한 빛이 어렸다.

그때 갑자기 천살마령이 물었다.

"큰 형님. 그렇다면 형님께서 이따금 언급하신 그들이라는 놈들이 바로 천금종인입니까?"

그들?

위수한과 철리패, 신검의 시선이 남장후에게로 꽂혔다.

그들 중 신검의 눈빛이 가장 날카로웠다.

세 사람 중 신검만은 진무하가의 지하 청지에서 남장후가 적이라고 정한 이들의 단서 정도는 들을 수 있었기 때문이었다.

무려 천년을 산 자가 있다고 했었다.

앞으로 천년을 더 살 자라고 했다.

그가 우리의 무덤이라고 했었지 않은가.

그때 수라천마 장후가 했던 말과 지금 수라심의 이야기를 종합하면, 그들이라는 적은 시천마일 가능성이 높았다.

그런데 지금 이야기대로라면, 천금종인은 시천마와 적대하고 있지 않은가?

그렇다면 천금종인은 우선은 손을 잡아야할 상대였다.

남장후는 빙긋 웃었다.

"맞아. 그들에 대해서는 나중에 얘기해 주지. 우선은 천금종인부터."

신검이 물었다.

"어째서요? 천금종인 역시 그들과 적대하고 있다지 않소. 그러니 우선 그들과 손을 잡고……."

남장후가 차가운 말투로 말했다.

"죽일 놈은 죽일 수 있을 때 죽여야 해. 죽일 놈들은 죽을 만할 때 죽이지 않으면, 버릇 나빠져. 안 죽인 게 아니라 못 죽인 줄 알지. 못 죽이니까, 제가 잘난 줄 알아. 제가 잘난 줄 아니까, 세상만사를 제멋대로 재단하려 들지."

"그래서요?"

"그러면 집마맹이 세상을 차지했을 때와 흡사해지겠지. 우리는 천금종인과 비슷한 놈들이 되는 거고. 그렇게 돌고 도는 거야. 그게 옳은가?"

모두가 입을 지그시 닫았다.

물론 옳지는 않다.

하지만 나쁘지는 않았다.

필요하다면 부모형제를 죽인 원수라도 한솥밥을 먹는 게, 권력이고 정치이며 전쟁이니까.

그럴 줄 알았다는 듯 남장후가 강조하듯 말했다.

"끊어낼 때는 끊어내야 하는 거다. 이것저것 따졌다가는 결국 아무것도 못해."

그걸 누가 모르나?

남장후는 모두의 표정을 둘러보며 다시 피식 웃었다.

"아는 것 같나? 아니. 너희는 몰라. 한때는 알았지만 지

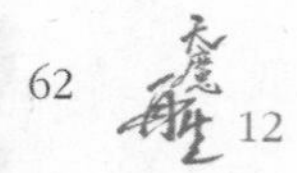

금은 몰라. 너희가 전사가 아니라, 권력가가 되었기 때문이야. 그래서 너희에게 보여주마. 왜 천금종인이 사라져야 하는지를. 강요는 하지 않아."

그때였다.

휘이이이이익!

바람이 갈리는 소리와 함께 세 사람이 그들의 곁으로 내려섰다.

백궁마자 대장과 총대, 그리고 소한살객이었다.

남장후가 그들을 돌아보며 말했다.

"열었나?"

백궁마자 중 대장이 고개를 숙였다.

"네. 진 노사(老士)께서 말씀하신대로 하니, 열리었습니다."

남장후가 빙긋 웃었다.

"고금제일무인이 나라고 자신할 수는 없지만, 기관진식의 고금제일은 진해림 그 친구가 분명해. 그럼 가자."

남장후는 휙 몸을 돌려 걸음을 옮겼다.

백궁마자 둘과 소한살객이 그의 그림자가 되어 붙었고, 십면사괴, 아니, 수라심이 그 뒤를 따랐다.

네 명의 마령은 당연하다는 듯 뒤를 이었다.

하지만 철리패와 위수한, 신검은 서로를 돌아보며 잠시 눈빛을 교환했다.

그들의 복잡한 눈빛만큼 마음 역시도 어지러웠다.

†

남장후를 따라 도착한 곳은 원형의 섬이었다.

우습게도 이 섬은 또 다른 섬을 품고 있었던 것이다.

섬의 중심부에 사방으로 이십여 리 정도 되지 않을까 싶은 호수가 있었고, 그 중심부에 동그랗고 작은 섬 하나가 숨겨져 있었다.

아니, 성(城)이라고 해야 할까?

어쩐지 인위적인 느낌이 강하기 때문이었다.

마치 이 섬 자체가 저 호수 안의 섬을 가리기 위해 만들어진 듯했다.

남장후가 속삭이듯 말했다.

"저 섬이 바로 천마사원(天魔祠院). 저기서 천금종인이 나왔고, 천외비문이 나왔으며, 악마사원이 나왔다."

모두가 침을 꿀꺽 삼켰다.

위수한이 물었다.

"저 안에 천외비문의 천문이 있습니까?"

남장후가 고개를 저었다.

"아니."

모두의 눈이 살짝 커졌다.

천외비문의 천문을 치기 위해 온 것이 아니었나?

신검이 물었다.

"그럼 천금마맥이 있는 거요?"

남장후가 또 고개를 저었다.

"그것도 아니다."

천금마맥도 아니다?

이번에는 괴겁마령이 물었다.

"그럼 천금종인의 근거지입니까?"

남장후는 빙긋 웃었다.

그 순간 모두가 혀를 내둘렀다.

바로 적의 근거지를 치러 왔다는 건가?

고작 이 인원으로?

모두가 서로를 둘러본 후, 살짝 고개를 끄덕였다.

그래, 이 인원이라면 가능하겠지.

수는 모두 합하여 열 한명 밖에 되지 않지만, 수만의 정병에 못지 않는 전력이니까.

그런데 남장후는 다시 고개를 저었다.

"아니. 저 곳은 천금종인의 근거지도 아니야. 병기제작소이지."

"병기제작소?"

"저기서 나온 병기가 천금마맥이 되고, 천외비문이 된다."

대체 무슨 소리일까?

"보면 알 거다."

휘이이이잉.

호수가 갈라지며 중심부에 위치한 섬까지 이어지는 다리가 모습을 드러냈다.

남장후는 당연하다는 듯 다리에 발을 올렸다.

일행은 더는 묻지 않고, 남장후를 뒤따라서 다리 위로 몸을 실었다.

섬은 아름다웠다.

상제가 다스린다는 천당이 실제로 존재한다면 이러하지 않을까 싶을 정도였다.

하지만 일행은 주변을 둘러보며 감탄할 시간이 없었다.

잠시 눈을 떼었다가는 남장후를 놓칠 것 같았기 때문이었다.

남장후는 섬에 이르는 순간부터 빠르게 움직였다. 그리고 너무나 자연스러웠다.

마치 자신의 집이라는 듯했다.

최소 몇 차례 방문하지 않았을까 의심스러웠다.

남장후는 어느 순간부터 보폭을 좁히고, 속도를 줄였다.

그제야 뒤따르는 사람들은 주변을 둘러볼 여유를 가질 수가 있었다.

기괴했다.

지하로 내려온 것 같은데, 그들이 걷는 통로의 양측이 하늘빛처럼 푸르렀다.

하지만 계속 일렁이는 것이 물인 듯했다.

어째서 저 물이 안으로 밀려들지 않고 벽에 막힌 듯이 면을 이루어 머물러 있는 걸까?

분명 뭔가 막고 있는 것 같지는 않았다.

가장 앞에서 걷는 남장후가 그들의 생각을 읽고 말했다.

"천태수(天胎水)라는 거다."

천태수?

모두가 고개를 갸웃했다.

처음 들어보는 이름이기 때문이었다.

"일종의 영약이다. 열 바가지 쯤 마시면 일 년 정도의 공력을 늘일 수 있지."

모두의 눈이 더욱 커졌다.

이 천태수라는 물이 전부 영약이라고?

"그들이 병기를 제조하기 위해 만든 것이지."

병기란 것이 무엇이기에?

그 사이 통로 저편에 반원의 빛이 보였다.

"저기가 병기제작소이다."

남장후의 말에 모두가 입매를 다부지게 고쳤다.

드디어 목적지에 도착하려는 모양이었다.

수라천마 장후가 보고 결정하라고 했던 것이 바로 저 곳에 있으리라.

그런데 통로의 끝으로 다가갈수록 인기척이 느껴졌다.

가벼운 격돌을 예상하고, 모두가 약간의 준비를 했다.

아니나 다를까, 저편에서 십여 명의 사내가 모습을 드러냈다.

그 순간 십면사괴, 아니, 수라심이 앞으로 나섰다.

"위에서 내려오신 분들이다. 제작이 순탄히 진행되고 있는지 내사를 하러 오셨다."

사내 중 한 명이 나서며 말했다.

"통행증을 보여주시지요."

그러나 수라심이 눈살을 찌푸렸다.

"내가 무어라 했느냐?"

나선 사내는 담담히 말했다.

"절차를 지키려할 뿐입니다."

수라심이 뭐라 말하려는 찰나, 남장후가 나서더니 소매 안에서 금패를 꺼내 내밀었다.

사내는 남장후의 얼굴과 그가 꺼낸 금패를 번갈아 본 후, 뒤로 물러섰다.

"확인하였습니다. 들어가시지요."

수라심은 사내를 향해 눈을 부라렸다.

"기억해두겠다."

사내는 그저 담담히 고개만 숙일 뿐이었다.

사내들이 옆으로 비켜서자, 일행은 안으로 들어설 수 있었다.

잠시 후, 기척이 느껴지지 않자 위수한이 속삭이듯 말했다.

"쌍둥이인가?"

철리패가 말했다.

"쌍둥이가 열이나 될까? 형제이겠지."

신검이 고개를 갸웃했다.

"아무리 형제라도 너무 닮았군."

그들을 가로막았던 사내들의 용모가 너무 닮았기에 하는 말이었다.

아니, 용모 뿐 아니라, 체형까지 거의 같았다.

그 순간 남장후가 말했다.

"쌍둥이도 아니고, 형제도 아니다."

그러며 남장후는 걸음을 멈췄다. 그리고 턱을 세워 앞을 가리켰다.

"그저 병기일 뿐이지."

모두의 시선이 남장후가 가리키는 방향을 향했다.

그건 그들이 지금껏 본적이 없는, 꿈에서도 그린 적이 없는 광경이었다.

NEO ORIENTAL FANTASY STORY

第百十三章.

우리가 없는 시대

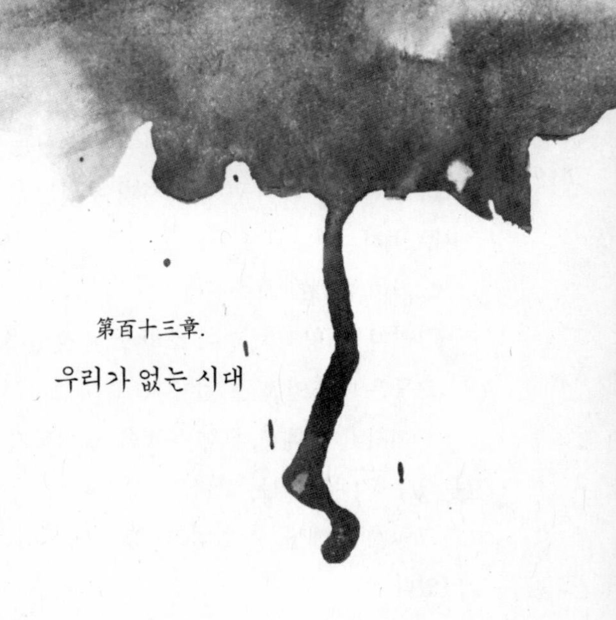

第百十三章.

우리가 없는 시대

이게 대체 뭘까?

앞을 바라보는 모든 이들의 눈동자에는 의문으로 가득했다.

수라천마 장후가 그들을 이리로 데려올 때 분명 이리 말했다.

보고 직접 결정하라고.

그리고 그가 보여주겠다는 것이 바로 눈앞의 광경일 것이다.

하지만 모두는 자신이 보고 있는 것이 무엇인지, 보고도 알 수가 없었다.

저건 대체 뭘까?

남장후의 목소리가 울린다.

"금기(禁忌)라고 하던가? 사람이 해서는 안 되는 행동을 그리 말한다고 하더군. 알다시피 우리는 금기시되는 걸 좀 자주 범하지."

그러며 어깨를 으쓱했다.

그러자 네 명의 마령이 소리 없이 웃었다.

그들은 마도인(魔道人)이다.

강해지기 위해서라면, 목적을 달성하기 위해서라면 할 수 있는 것 무엇이든 한다.

그렇게 강해질 수 있었고, 그렇게 원하는 바를 이룰 수 있었다.

그렇다면 위수한과 철리패, 신검은 다를까?

그들은 씁쓸한 미소를 지었다.

그들 역시도 크게 다르지 않았기 때문이었다.

정도의 차이만 있을 뿐이다.

과거의 행적이 밝혀진다면 위수한과 철리패, 신검을 향한 칭송은 혐오와 비난으로 바뀌겠지.

하지만 후회하지는 않았다.

후회 따위를 하기에는 너무도 힘겨운 시대였다.

그래야 살아남을 수 있었고, 그래서 이길 수 있었다.

남장후가 말했다.

"우리는 꽤 포용력이 넓은 편이야. 어지간하면 그럴 수도 있다고 이해하지. 그래야 우리도 이해를 받으니까. 안 그래?"

모두가 저도 모르게 살짝 고개를 끄덕였다.

"그래도 이해할 수 없는 건 할 수 없는 거야. 적정한 선이라는 게 있는 거지. 죽일 놈은 어떻게 해서든 죽여도 되지만, 결코 죽여서 안 될 놈을 죽여 놓고 그래야만 했으니 이해해달라면 누가 알아줘?"

딱 그랬다.

남장후가 앞을 턱 끝으로 가리키며 말했다.

"저게 바로 그런 거지."

그러니까 저게 무엇이기에?

위수한이 모두의 심정을 대변하겠다는 듯 나서서 물었다.

"그러니까 저게 뭡니까?"

남장후가 물었다.

"네가 보기엔 뭐인 거 같나?"

위수한은 입을 우물거렸다.

그러며 앞에 보이는 광경을 가만히 바라만 보았다.

저걸 뭐라고 해야 할까?

보고도 설명하기가 어려웠다.

수천 명의 사람 가죽을 엮고 이은 것만 같았다.

아니다.

엮고 이었다면 박음질한 흔적이 있어야 할 텐데, 그런 흔적은 없었다.

그렇다면 저 거대한 가죽 덩어리는 대체 뭘까?

흉측하고 기괴하고, 불길하다.

위수한은 결국 이렇게 말할 수밖에 없었다.

"모르겠습니다. 저게 대체 뭡니까?"

남장후는 그럴 줄 알았다는 듯 빙긋 웃으며 말했다.

"과거 집마맹과의 전쟁을 위해 난 나의 명령만을 따르는 정예가 필요함을 느꼈지. 그래서 흑총을 만들었다."

그 순간 뒤편에 서 있던 백궁마자 대장과 총대가 부르르 떨었다.

그들이 바로 흑총 출신이기 때문이었다.

흑총에서 보낸 오 년이라는 짧은 시간은 평범한 사람이었던 그들을 일류고수로 만들어 주었다.

하지만 그 오 년이 얼마나 힘겨웠는지 설명해준다고 해서 누가 알까?

설명하기도 싫었다.

그때를 떠올리는 것 정도만으로 식은땀이 흐르고 머리가 하얗게 비어버리니까.

남장후가 말했다.

"그것으로 부족하여 백궁도 만들었지."

대장과 총대가 이를 악 물었다.

그들은 백궁 역시도 겪었기 때문이었다.

흑총이 지옥인 줄 알았다면, 백궁은 지옥의 지옥이라고 해야 할까?

그들에게는 그랬다.

남장후의 말은 이어졌다.

"흑총과 백궁. 지탄받아 마땅하지."

그렇다.

지탄받아 마땅했다.

흑총과 백궁을 통과한 이들은 모두 고수가 되었지만, 통과하지 못한 그 수십 배의 사람은 시체조차 남기지 못하고 죽어버렸다.

그렇기에 지금까지도 수라천마 장후의 악행 중 하나로써 회자되고 있었다.

"최단기간에 최강의 전력을 갖추기 위해서는 그 방법밖에는 없었어. 금기랄 수 있는 짓이었지만, 그래야만 했지. 욕먹을 짓이었지. 욕하라고 그래. 욕먹을 만 했으니까. 하지만 이따금 이런 변명도 해봐. 그건 최선이었지, 최악은 아니었어. 나를 욕하는 이들에게나 금시기 되는 짓이었지, 내게는 금기시할 만한 짓은 아니었다는 거야. 그때 내가 고민했던 건 미친 척하고 저 짓까지도 해볼까, 였었지."

그러며 남장후는 턱 끝으로 수천 명의 사람의 가죽을 엮고 붙여 놓은 듯한 거대한 가죽덩어리를 가리켰다.

철리패가 물었다.

"그러니까 대체 저것이 무엇입니까?"

"놈들의 병기제조기."

"병기제조기?"

"그래. 천마의 주구들은 공통적으로 한 가지 방향성을 추구하더군. 전력을 최대한 빨리 강하게 이룩하는 거야. 알다시피 사람을 고수로 키우는 건 쉽지 않아. 그만한 시간과 물자를 투자해야 하지. 시간과 물자가 충분하다고 해서 되는 것도 아니야. 될 만한 녀석에게 투자해야 되는 거잖아? 놈들은 그런 걸 싫어해. 최대한 짧은 시간과 물자를 투자해서 전력을 갖추려 하지. 그러기 위해서 이짓저짓 다 해보다 보니, 결국 저따위 짓까지 하고만 거지."

그때였다.

갑자기 거대한 가죽덩어리가 마구 요동쳤다.

어느 순간 거대한 가죽덩어리의 오른쪽 끝부분이 벌어지더니, 뭔가를 툭 뱉어냈다.

사람.

사람이었다.

이제 열 살쯤 되지 않았을까 싶었다.

저 소년은 어째서 저 가죽덩어리 안에 갇혀 있었던 걸까?

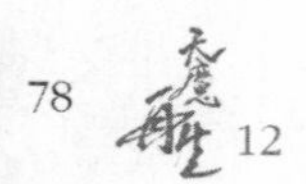

괴이했다.

모두는 소년의 외양을 찬찬히 살펴보았다.

전신에 한 톨의 털도 붙어있지 않았다.

아교 같은 점액질에 전신이 휩싸여 있는데, 그 때문일까?

잠시 후, 다시 거대한 가죽덩어리가 또 한명의 소년을 뱉어냈다.

조금 전 튀어나왔던 소년과 흡사하다.

아니, 닮은 정도가 아니었다.

용모와 체형이 완전히 같았다.

거대한 가죽덩어리는 계속 똑같은 소년을 뱉어냈다.

그 수가 이십에 이르자 더는 없는지, 가죽덩어리는 잠잠해 졌다.

마치 힘겨운 일과를 마치고 휴식을 취하는 듯 위 아래로 천천히 부풀었다가 줄었다가를 반복할 뿐이었다.

남장후가 말했다.

"저게 무엇인지 이제 알겠나?"

모두는 아무 말도 하지 않았다.

그저 가죽덩어리에서 튀어나온 소년들을 노려볼 뿐이었다.

소년들은 모두다 용모와 체형이 똑같았다.

꼭 판으로 찍어놓은 듯했다.

모두가 이 곳을 들어오기 전에 만난 십여 명의 무인을 떠올렸다.

그들 역시도 용모와 체형이 똑같았다.

그리고 눈 앞의 소년들의 외모와 무인들의 용모를 비교해 보았다.

너무나 흡사했다.

위수한이 속삭였다.

"병기제조기……."

남장후의 목소리가 그의 귀에 스며든다.

"이제야 알았나? 놈들은 사람을 키우지 않아. 대신 만들지. 이런 방식으로 말이야. 아주 효율적이지. 초기 투자비용이 상당하지만, 유지관리만 잘 한다면……."

철리패가 외치듯 말했다.

"그만하십시오!"

그의 두 눈에 살기가 인다.

"이건, 사람이 해서는 안 될 짓이오."

남장후가 코웃음 쳤다.

"뭘 이 정도가지고 그래. 따라와 봐. 보여줄 게 더 있으니까."

그러며 그는 몸을 돌려, 왼쪽으로 걸어갔다.

하지만 수라심만을 제외하고 아무도 자리를 뜨지 않았다.

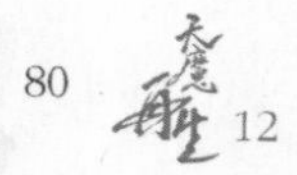

일어나지 못하고 꿈틀거리고 있는 이십 명의 소년들을 가만히 노려보고만 있을 뿐이었다.

갓 태어난 아이처럼 앵앵거리며 버둥거린다.

남장후의 이야기와 그들이 지켜본 대로라면, 저 소년들은 보이는 행동 그대로 갓 태어난 것이었다.

하지만 그래서는 안 되었다.

그럴 수는 없는 거다.

†

남장후를 뒤따르는 동안 그 누구도 입을 열지 않았다.

대신 두 눈동자에 불꽃과 같은 살기를 피워냈다.

그들은 이미 볼 것은 다 보았다 여겼다.

그러니 이미 결정을 내렸다.

천외비문이건, 천금마맥이건, 천금종인이건 그런 건 상관없었다.

저런 짓을 한 이유가 무엇인지 따위도 관심 없었다.

그들의 머릿속에 채운 결심을 뚜렷하고 단호했다.

없애야 한다!

주춧돌까지 뿌리를 뽑아야 한다.

단지 전력을 빠르게 수급하기 위해 사람을 제조하는 녀석들이다.

사람이기를 포기한 거다.

그러니 사람취급을 해서는 아니 되었다.

죽여야 한다.

없애야 한다.

시간을 가지고, 계획을 따질 필요도 없었다.

지금 당장 시작하여야 한다.

하지만 남장후는 그저 여유롭게 걸어갈 뿐이었다.

대체 뭘 더 보여주겠다는 걸까?

지금만으로도 충분했다.

하지만 나서서 말하는 이는 없었다.

이미 자신들이 어떤 결심을 했는지를 수라천마 장후가 모를 리 없을 테니까.

그럼에도 보여줄 것이 남았다면, 보는 게 옳았다.

그만한 이유가 있을 테니까.

남장후가 오랜 만에 입을 열었다.

"아까 그건 일반전력을 제조하는 시설이야. 보다시피 사람을 낳는 게 아니라, 만들기 때문에 부작용이 없을 수가 없지. 수명이 이십 년 내외라고 하더군."

위수한은 중얼거렸다.

"이십 년 내외……."

그러며 주먹을 굳게 쥐고 파르르 떨었다.

사람의 수명은 다 제각각이라지만, 평균적으로 따져도

오십 년은 된다.

좀 살았다 싶으면 육십 년은 살아야 정상이다.

그런데 고작 이십 년이란다.

남장후가 말했다.

"처음 만들었을 때는 십년에 불과했다더군. 많이 좋아진 거지."

위수한과 철리패, 신검이 빠드득 이를 갈았다.

등졌기에 그들의 반응을 못 봐서 인지, 남장후는 담담한 목소리로 계속 설명을 이어갔다.

"하지만 일반전력만 그렇지. 고급전력까지 그래서는 안 되겠지? 그래서 놈들은 고급전력을 제조하는 대는 상당히 공을 들였지."

고급전력이라.

제조시설이 또 있다는 거다.

아마도 남장후는 그것을 보여주려 하는 모양이었다.

"다 왔군."

모두의 시선이 남장후의 어깨 너머를 향했다.

두 개의 문이 보였다.

하나는 색이 하얗고 다른 하나는 새까맣다.

하얀 문에는 크게 천비(天秘)라고 쓰여 있었고, 검은 문에는 천금(天金)이라고 쓰여 있었다.

무슨 뜻일까?

모두가 짐작할 수가 있었다.

천비라고 쓰여 있는 건 천외비문의 고급전력을 만드는 장소를 가리킬 것이고, 천금이라고 적인 문은 천금마맥의 전력을 제조하는 장소로 이어지겠지.

남장후가 갑자기 팔짱을 끼며 눈을 찌푸렸다.

"둘 다 보여주고 싶은데, 그러기는 어렵겠어. 하나만 골라봐."

그러며 고개를 돌린다.

"누가 고를래?"

모두가 말없이 서로를 둘러보았다.

수라천마 장후가 뭔가를 제안할 때는 분명 그 뒤에 악의 아닌 악의가 깔려 있었다.

그랬기에 선뜻 나서기가 어려웠다.

그때 위수한이 나섰다.

"천비로 합시다."

남장후의 눈매가 얇아졌다.

잘 걸렸다는 듯한 표정이었다.

위수한은 순간 움찔했지만, 바로 어깨를 쫙 펴고 외치듯 말했다.

"제게 천외비문의 인문을 주셨지 않소! 그러니 전 천외비문의 비밀을 알아야 하오. 내 눈으로 똑똑히 보고 나를 따르는 인문의 문도에게 알려주어야 합니다!"

남장후가 미소를 지었다.

"옳다. 응당 그래야하지. 너의 의무이자 책임이다. 그러니 네 선택의 책임 역시 지어야 한다."

위수한이 고개를 저었다.

"아니요. 그건 싫은데요."

"죽을래?"

위수한이 한 숨을 푹 내쉬었다. 그리고 어쩔 수 없다는 듯이 힘없는 목소리로 속삭였다.

"까라면 까야죠. 제가 무슨 힘이 있습니까. 으휴."

협왕 위수한 쯤 되는 사람이 할 말은 아니었다.

남장후는 그 말을 듣고 싶었는지, 환하게 웃었다.

"좋아. 그럼 널 믿고 천비로 가지."

위수한이 갑자기 손을 뻗었다.

"잠시 만요. 생각해보니, 제가 결정할 사항이 아닌 것 같습니다. 그러니 못 들었다 치시고 다른 분들과……."

위이이이이잉.

남장후의 미간에 푸른빛이 어리더니 눈동자의 형태를 이루었다.

수라마안이었다.

그러자 위수한은 올렸던 손을 급히 내리고 외쳤다.

"네! 제가 바로 협왕 위수한이올시다! 저만 믿으십시오!"

남장후가 휙 고개를 돌려 천비라고 적인 새하얀 문을 노려보았다.

동시에 수라마안이 푸른빛의 기둥을 뿜는다.

콰아아아아아아아아아아아앙!

뻗어나간 푸른빛의 기둥은 천비라고 적힌 문을 단숨에 뚫고 앞으로 계속 나아갔다.

그 순간, 사방에서 괴상한 소리가 터져 나왔다.

경고음이 분명했다.

이제 곧 이 기묘한 섬 천마도 안에 있는 모든 이들이 이리로 몰려들 것이라는 뜻이기도 했다.

모두의 시선이 위수한을 향했다.

위수한은 한숨을 쉬었다.

"알았습니다. 내가 책임지면 될 거 아니오. 언제는 안 그랬소? 예전에도 귀찮은 건 다 내 차지였지. 썩을. 캬, 퉤."

침을 뱉어낸 위수한의 표정은 과거 마적이었던 시절, 그때의 얼굴로 돌아가 있었다.

†

콰콰콰콰콰콰콰콰콰!

수라마안이 뿜어내는 푸른빛 기둥은 점차 그 색이 옅어

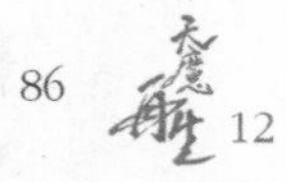

져 갔고, 더불어 두께 역시 얇아지고 있었다.

결국 한 줄기 실만한 두께로 줄어들더니, 이내 사라져 버렸다.

동시에 남장후의 미간에 떠 있던 수라마안이 흐릿해지더니, 그 모습을 지워갔다.

"가보자. 참고로 여기서부터는 뭐가 있는지 나도 몰라."

위수한이 눈매를 얇게 좁히며 물었다.

"정말 모릅니까?"

남장후가 빙긋 웃었다.

"몰라. 다만 어느 정도 짐작은 하는 건 있지."

"그 짐작이 뭡니까?"

"넌 그런 걸 신경 쓸 때가 아닐 텐데?"

두두두두두두두두.

사방에서 진동이 느껴진다.

인기척이 쏟아지듯 느껴지기 시작했다.

수백 정도는 될 듯했다.

그 모두가 그들이 있는 방향을 향해 다가오고 있었다.

"책임져라."

그렇게 말하며 남장후는 자신이 만들어낸 커다란 구멍, 아니 동굴을 향해 걸음을 옮겼다.

그의 뒤를 괴겁마령이 그림자처럼 따라 붙더니, 슬쩍 고개를 돌려 위수한을 향해 말했다.

"책임져."

위수한은 입매를 씰룩거렸다.

혈우마령은 뭐가 그리 재밌는지 킥킥거렸고, 월야마령과 천살마령은 딱하다는 듯 혀를 찼다.

위수한은 그들의 반응이 마음에 들지 않는지 얼굴이 붉게 물들었다. 그리고 뭐라고 항의의 말을 하려는 찰나, 수라심과 소한살객, 그리고 백궁마자들이 그들의 뒤를 따라붙어 가려 버렸다.

결국 위수한은 뱉으려던 몇 마디 욕설을 그저 입안에서만 웅얼거려야 했다.

턱.

위수한은 고개를 돌렸다. 그의 어깨에 철리패가 하나 뿐인 손을 올려두고 있었다.

철리패가 씩 웃으며 말했다.

"책임 못 지면 좋겠구나."

위수한이 입을 열었다.

"그거 죽으라는 소리죠?"

철리패가 고개를 저었다.

"아니. 고작 죽으라는 뜻이겠느냐?"

"욕해도 됩니까?"

"해 보거라. 고작 죽으려면 뭔 짓을 못해."

위수한은 그저 입만 우물거릴 뿐이었다.

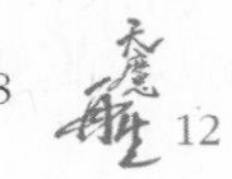

그러자 철리패는 그의 어깨를 한 차례 가볍게 두들긴 후, 통로 쪽으로 걸음을 옮겼다.

그 뒤를 신검이 따라 걷는다.

위수한이 신검을 향해 애원조로 말했다.

"선배님. 도와주실 거죠?"

신검이 걸음을 멈추더니, 위수한을 돌아보며 고개를 갸웃했다.

"누굴?"

위수한이 어색하게 웃으며 말했다.

"저 말입니다, 저요."

"내가? 너를? 도와?"

위수한은 크게 고개를 끄덕였다.

"네! 선배님, 우리가 남입니까?"

"남보다 못하지."

신검은 그렇게 말한 후 냉정히 돌아서 앞으로 걸어갔다.

홀로 남겨진 위수한은 고개를 푹 숙이더니 한숨을 길게 내쉬었다.

두두두두두두두.

등 뒤에서 들려오는 뜀박질 소리가 점점 더 커지고 있었다.

위수한은 슬쩍 고개를 뒤로 돌렸다.

어둠 저편 뭔가가 보인다는 듯 노려보며 작게 속삭인다.

"서두르지 마라. 어떻게든 책임을 져줄 테니까."

그의 어깨에서 깃털 같은 새하얀 강기가 흘러나오고 있었다.

†

뚜벅, 뚜벅, 뚜벅, 뚜벅.

어둠이 짙은 통로 속, 남장후는 앞만을 바라보며 걸었다.

통로는 마치 깎아놓은 것처럼 둥글었다.

수라마안이 뿜어낸 푸른빛의 기둥이 그리 만들어 놓은 것이다.

헌데 깎인 벽면 사이로, 이따금 반듯하게 잘린 철물이 보였다. 통로에 매설되어 있던 기관장치의 흔적인 듯했다.

남장후가 푸른빛의 기둥을 뿜은 건, 저 기관장치들을 해체하기보다는 부수고 빨리 목적한 장소에 이르고 싶었기 때문인가 보다.

하지만 정작 남장후의 걸음은 답답할 정도로 느리기만 했다.

어째서 일까?

아무도 묻지는 않았다.

그가 저리 느리게 걷는다면, 그 만한 이유가 있어서일

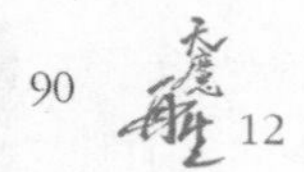

테니까.

남장후가 말했다.

"도착한 모양이군."

모두는 바로 알아들을 수가 있었다.

등 뒤, 살기가 구름처럼 몰려들었다.

경고음을 듣고 몰려든 천마도의 무인들이 도착했다는 뜻이었다.

이제 곧 뒤에 남겨진 위수한이 저들을 막기 위해 싸움을 벌일 것이다.

아무도 위수한을 걱정하지는 않았다.

위수한이기 때문이다.

말투는 삼류건달 같이 간사하지만, 위수한은 위수한이다.

위수한을 걱정할 수 있는 자격을 가진 사람은 이 자리에 오직 남장후 밖에 없었다.

다만 남장후가 어째서 그에게 뒤를 막으라고 시킨 건지는 알 수가 없었다.

거치적거린다면, 단숨에 끊어내어 버리는 게 옳았다.

이 자리에 있는 사람 모두가 나선다면 가볍고 쉽게 끊어낼 수 있을 텐데, 왜 위수한 한 사람에게 책임지라고 맡겨 버린 걸까?

남장후가 말했다.

"세월이란 물과 같아서 끊어지지가 않아. 그저 흐를 뿐이지. 하지만 지금의 시대는 흐르지 않아. 그저 고여 있을 뿐이야. 왜일까?"

모두는 대답하는 대신 남장후의 등에 시선을 꽂았다.

남장후는 돌아보지 않고도 그들의 시선을 느꼈는지, 살짝 고개를 끄덕였다.

"그래. 바로 나 때문이지. 내가 되살아났기에 멈추어 버렸어. 내가 세상에 다시 모습을 드러낸 그 순간부터 이 시대는 나를 중심으로 돌아가고 있지. 그게 난 매우 못 마땅해."

왜 일까?

남장후는 고백과도 같은 설명을 이어갔다.

"난 없어져야 한다. 그래야 멈춰있던 이 시대는 다음으로 이어질 수 있어. 하지만 나를 밀어낼 뒷물결이 없어. 그러니 난 스스로 밀어내려 한다. 내 앞에 존재하는 더럽고 혼잡한 것들을 모조리 깨부수고 뒤에 길을 내어주려 해. 어쩌면 그게 나를 다시 태어나게 한 운명일 거야."

남장후가 갑자기 고개를 돌려, 모두를 훑어보았다.

"너희도 마찬가지야. 너희도 없어져야 해. 나와 같이."

괴겁마령이 고개를 숙였다.

"형님의 뜻이 그러하다면, 이 어리석은 동생은 그저 따를 뿐입니다."

철리패는 빙긋 웃었다.

"전쟁터만 내어 주시오. 싸우다 죽어드리리다."

신검이 말했다.

"당신과 함께 죽는다면, 남는 장사이지요."

그들의 대답이 마음에 드는지 남장후가 빙긋 웃었다.

"좋아. 우리의 시대를 끝내자. 이제부터의 전쟁은 바로 그것을 위한 전쟁이 될 거다. 동의하는가?"

모두가 고개를 끄덕였다.

남장후의 시선이 그들을 넘어 뒤쪽을 향했다.

"그리고 다음의 시대를 저 녀석에게 넘기는 게 어떨까 한다."

저 녀석이라…….

위수한을 말함이겠지.

수라천마 장후가 저 정도로 평하다니.

위수한이 그 정도였었나?

그때였다.

콰아아아아아앙!

굉음이 울려 퍼졌다.

천마도의 무인들과 위수한과의 싸움이 시작된 모양이었다.

남장후는 그 싸움이 보이는 지, 먼 곳에 시선을 두고 웃는 낯으로 말했다.

"저 녀석이라면 가능하다. 위수한, 저 녀석이 주어진 책임과 의무를 다한다면, 충분하지."

위이이이이잉.

멀리, 그들이 지나온 통로 저편이 하얗게 물들고 있었다.

어둠 저편, 새하얀 빛이 한 쌍의 날개가 되어 가고 있었다.

그건 눈이 부시도록 하얗고 영롱했다.

†

위수한의 등에서 한 쌍의 날개가 튀어 나와, 꽃처럼 활짝 핀다.

그 광경은 숨이 막힐 정도로 아름다우며 장엄했다.

천상의 신장이 이 땅에 강림한 것이 아닐까, 의심스럽다.

하기에 몰려든 수백 명의 무인들은 접근하지 못하고 멍하니 위수한 만을 바라보고 서 있을 뿐이었다.

위수한은 그들을 오연히 마주보았다.

모두가 같은 용모이다.

그 기괴한 병기제조기가 만들어낸 병기라는 거다.

빠드득.

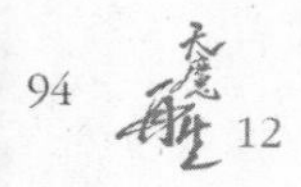

이가 갈렸다.

저런 불쌍한 것들이 있다니.

저런 안타까운 생명이 있다니.

위이이이잉.

날개가 파르르 떨린다.

그의 분노와 동정을 담고 흔들린다.

위수한의 등 뒤에 달린 날개 형태의 강기는 그의 독문무공인 비천신기, 그 최강의 형태 비천익신(飛天翼神)!

'하늘을 나는 날개의 신' 이라고 불릴 만큼 강대한 힘이다.

강호무림 역사상 이전에도 없었고 이후에도 없는, 오직 위수한 만의 무공이다.

하기에 모두가 궁금해 한다.

비천신기는 대체 어디에서 왔을까?

모든 무공은 연원이 있기 마련인데, 비천신기만은 그 누구도 알 수가 없었다.

하기에 궁금함을 참지 못한 이들은 은근히 비천신기의 출처를 묻고는 하지만, 위수한은 그저 웃으며 자신이 만들었다고 할 뿐이었다.

거짓말이다.

비천신기는 연원은 명확하다.

수라천마 장후에게서 나왔다.

그가 창안했고, 그가 주었다.

그렇기에 그 누구에게도 말해줄 수가 없었다.

정파무림의 연합체인 제협회의 회주인 그의 무공이 고금제일마두라 일컬어지는 수라천마 장후에게서 나왔다고 할 수는 없는 일이니까.

그렇기에 지금껏 숨길 수밖에 없었다.

그리고 앞으로도 숨길 것이었다.

그래야 하니까.

제협회의 설립자인 그가 수라천마에게서 나왔다고 할 수는 없으니까.

그건 위수한 개인의 명예와 위치를 위협하는 정도가 아니라, 정파무림의 근간을 뒤흔드는 사건이 될 테니까.

그렇기에 이 새하얀 날개는 정파무림과 제협회에게는 영광이며 승리의 상징이겠지만, 위수한 개인에게는 지울 수 없는 원죄와도 같았다.

그래서 완성하고도 사용할 수가 없었다.

천외비문의 인문을 지키기 위해서 싸우기 전까지는, 단 한 번도 사용하지 않았다.

'하지만 이제는 주저하지 않아!'

필요하다.

강대한 힘이!

더는 도망칠 수가 없었다.

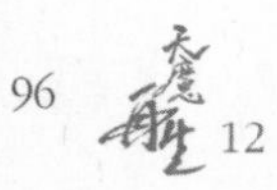

수라천마 장후는 분명 모조리 부수겠다고 선언했다.

하니, 너는 지키라 했다.

그러니 지키기 위한 힘이 필요하다.

'이 날개가 필요해.'

위이이이이잉!

오래 전, 수라천마 장후가 그에게 비천신기를 전수해 주었을 때 이런 말을 했었다.

기뻐하지 말라.

비천신기는 너에게 주는 짐이니.

그때는 전혀 몰랐다.

그저 기쁘기만 했었다.

하지만 이제는 안다.

비천신기는 죄악이다.

이 새하얀 날개는 어둠과 재앙이라는 알에서 잉태되었다.

그렇기에 더욱 힘차게 날개짓 해야 한다.

더욱 높이 날아야 한다.

후일 이 죄악의 비밀이 들통 나더라도 이 날개는 알에서 깨어난 것이 아니라, 스스로 깨고 나온 것임을 알려야 하니까.

오오오오오오오오오!

위수한의 몸이 둥실 떠올랐다.

그러자 그를 가만히 지켜보고만 있던 천마도의 무인들이 잠에서 깨어난 듯이 깜짝 놀라며 무기를 들어올렸다.

위수한이 그들을 내려 보며 말했다.

"미안하구나, 너희를 이렇게 태어나게 하여서."

무슨 뜻일까?

천마도의 무인 중 대부분은 말을 하지 못했다.

그저 약속된 신호가 기호 정도만을 알아볼 수 있도록 교육 받았다.

그들의 수명은 최장 이십 년이고, 짧으면 십 년에 불과하다.

그러니, 수뇌부는 시간을 아끼기 위해 그들에게 말과 글을 가르치지 않았다.

대신 그들의 신체에 최적화된 무공과 천마도 내부에서 통용되는 기호와 신호 정도만을 가르쳤을 뿐이었다.

그러니 위수한이 무슨 말을 하던 그들 중 대부분은 알아듣지 못했다.

하지만 위수한의 온화한 표정과 부드러운 말투는 그들의 귀가 아닌 머리와 심장에 닿았다.

위수한이 말을 이어갔다.

"이는 너희를 만든 자들이 아닌, 세상에 존재하는 모든 이가 사죄해야 마땅하다. 본시 생명이란 태어날 곳을 선택할 수 없다지만, 너희는 이렇게 태어나서는 아니 되었다.

너희를 이렇게 태어나도록 방치해서도 아니 되었다. 미안하다. 실로 미안하다. 나의 무지와 나의 방임이다."

위이이이이이잉.

위수한의 날개가 밝기를 더해 간다.

"하여 나는 너희의 죽음을 책임지려 한다. 죽이마. 너희를 없애주마. 너희는 죽어, 다시 태어 나거라. 그 장소가 어디일지는 모르나, 이곳만은 아닐 게다. 이 곳은 오늘 내 손에 무너질 터이니. 너희의 죽음으로 내가 묻으마. 불쌍한 아이들아. 나를 원망하라. 나를 욕하라. 나를 저주하라. 모두가 나의 탓이라 여겨라. 그럼으로써 안식하거라."

위수한이 그들을 향해 나아갔다. 그러며 선언하듯 외쳤다.

"내 이름은 협왕 위수한! 너희가 죽는 그 순간까지 저주해야할 이름이다."

†

콰과콰과콰쾅!

폭음이 터져 나온다.

남장후는 멀리 통로 쪽을 바라만 보았다.

위수한과 천마도 무인들과의 싸움이 시작된 것이었다.

새하얀 빛이 번뜩이며, 폭음과 괴성이 쏟아진다.

위수한이 본신의 힘을 발휘하고 있음을 저 새하얀 빛살을 통해 느낄 수가 있었다.

위수한.

남장후의 기준에 따르면 이 세상 전체를 통틀어 서열 칠위의 강자.

위수한의 경박한 말투와 태도는 그저 가면일 뿐이다.

만약 남장후가 없었다면, 위수한이야말로 현 시대의 최강이며, 최고이리라.

갑자기 남장후가 짜증난다는 말투로 말했다.

"난 저 녀석이 싫어."

남장후의 눈동자에 푸른빛이 어린다.

"그래서인지 이따금 난 저 녀석을 죽여 버리고 싶다는 충동이 들더군. 인정하기 쉽지 않지만, 인정할 수밖에 없겠지. 저 녀석을 보면 열등감을 느끼기 때문이야."

열등감?

수라천마 장후가 위수한에게 열등감을 느낀다?

대체 왜?

"난 저 녀석처럼 살고 싶었어. 거침없고, 가볍게. 저 날개를 나의 것으로 하고 싶었어. 비천신기. 저 날개는 나의 꿈이었어. 결코 닿을 수 없는……. 하기에 내가 만들었지만 내 등에 매달 수는 없었지. 그렇다고 버릴 수는 없었고."

남장후가 천천히 손을 들더니, 저 멀리 위수한이 뿜어내는 새하얀 빛살을 만지겠다는 듯 손가락을 꼼지락거린다.

"강호의 잡것들은 모두 꿈을 꾸지. 결코 닿을 수 없는 신기루와 같은 꿈을. 나라고 다르지 않아. 저 모습이 내 꿈이었어."

아무리 손가락을 움직여 보아도 멀리 위수한이 뿜어내는 새하얀 빛은 만져지지 않는다.

그저 놀리는 듯이 손가락을 간질이기만 뿐이었다.

남장후의 고백은 이어졌다.

"난 왜 다시 태어난 걸까? 궁금했지. 행복해지기 위해서? 내가 그토록 바랐던 삶을 살아보라고? 처음에는 그런 줄 알았지. 그렇게 살려고 했었고. 하지만 그렇게 살 수가 없었어. 난 다시 태어났다고 하여도 여전히 나였으니까. 그리고 알게 되었어. 내가 왜 다시 태어난 것인지를."

남장후의 얼굴이 일그러진다.

"행복해 보라는 거였어. 경험하지 못한 기쁨과 환희를 알라는 거였어. 그리고 내가 무슨 짓을 했던 것인지 뼈저리게 느끼라는 것이었어. 자책하라는 거였어. 그럼으로써 나 스스로를 저주하고 원망하라는 거였어."

남장후가 자신을 지켜보는 이들을 향해 고개를 돌렸다.

슬픈 표정이었다.

슬프다?

수라천마 장후가, 전지전능한 이 존재가, 슬퍼한다?

믿을 수가 없었다.

"새로운 가족을 위해 난 세상을 지키겠노라 결심했지. 그게 이번 삶의 목표로 삼았어. 아니, 그게 바로 이번 생의 운명인 거야. 하기에 세상의 안온함을 위협하는 그 어떤 세력, 그 어떤 존재라도 없애버리겠다고 다짐했어. 그리고 무엇이든 찾았지. 들쑤셨어. 그러다 내린 결론이 뭔지 아는가?"

남장후가 자신의 가슴을 가리켰다.

"나야. 이 세상에 가장 위협적인 존재는 바로 나였어. 시천마도, 천금종인도, 천외비문도 아니라, 바로 나였다는 거야."

남장후가 가슴을 세차게 두들겼다.

"이제 알겠나? 내가 다시 태어난 이유. 그 무언가가 나를 다시 태어나게 만든 이유. 바로 그것이었어. 그 무언가가 내게 또 한 번의 생을 허락한 건 나에게 나를 없애도록 하기 위함이었던 거야."

남장후는 자신의 가슴을 움켜쥐었다.

"알다시피 난 머리가 제법 좋아. 난 만만한 상대가 아니야. 난 내가 아니기 위해, 내가 위협이 아니라 세상을 지킬 틀이기 위해, 적을 찾았지. 자은마맥을 들쑤셨고, 천외비문의 비밀을 알아냈고, 천금종인이라는 적까지 찾아냈어.

더불어 시천마의 존재까지 밝혀낼 수 있겠지. 그리고 그들을 없애기로 마음먹었어. 없앨 거야. 어렵겠지만 가능해. 나는 지는 방법을 모르니까. 어떻게든 이기고 말겠지. 하지만 그들을 모두 없애고 나면? 난 또 다른 적을 찾을 거야. 하지만 없다면? 어떻게 할까? 만들겠지. 나의 적을 내 손으로."

남장후가 손을 툭 떨어트렸다.

"나를 살리기 위해, 내가 살 이유를 찾기 위해 난 내가 없앨 적을 내 손으로 만들 거야. 집마맹과 천외비문, 천금종인, 시천마. 그 모두를 합한 것보다 강하고 무서운 적을. 그리고 할 일이 생겼다며 부수고 없애겠지. 기뻐하겠지. 그거, 웃기지 않아?"

모두가 침을 꿀꺽 삼켰다.

웃기지 않다.

그저 무섭기만 할 뿐이다.

아찔하기만 할 뿐이다.

수라천마 장후는 분명 무서운 존재였다.

하지만 이제는 무서운 정도가 아니다.

이런 존재는 결코 있어서는 안 되었다.

지나오던 중 보았던 천금종인의 병기제조기 정도의 금기가 아니다.

전쟁제조기이다.

끊임없이 전쟁을 만드는……, 그래, 마귀이다.

남장후가 표정을 바꾸어 차갑게 말했다.

"하기에 너희가 필요하다. 너희를 부르고 모은 건 천금 종인 따위를 없애기 위해서가 아니야. 시천마와의 전쟁 때문도 아니야. 바로 나 때문이다. 너희는 나를 죽여야 한다. 너희가 나를 도와 나를 없애야 해. 이 전쟁의 끝에 나를 남겨두어서는 안 된다."

남장후는 다시 손을 들어 자신의 가슴을 거칠게 움켜쥐더니 선언하듯 말했다.

"우리의 최종 목표는 수라천마이다. 우리는 수라천마를 없애야 한다. 또 다시 태어날 수 없을 정도로 무참하게. 그것이 바로 우리의 사명이다."

슬프고 비장한 말이었다.

자기 자신을 죽이자, 라니.

남장후가 갑자기 피식 웃었다.

"물론 너희도 죽을 거야. 나만 죽을 수는 없잖아? 그렇게 우리의 시대를 끝내자."

모두가 허탈한 웃음을 지었다.

우리의 시대를 끝내자, 라.

그래, 끝낼 때가 되었다.

남장후가 새하얀 빛을 향해 고개를 돌린다.

"저 녀석만 남기고. 저 하얗고 겁 많고 짜증나는 녀석이라면, 우리가 없는 시대를 잘 이끌어 갈 거야."

괴겁마령이 물었다.

"우리가 없는 시대는 어떠할까요?"

남장후가 살짝 고개를 저었다.

"모르겠어. 하지만 사람냄새는 날 거야. 우리가 없을 테니까."

철리패가 한숨을 쉬었다.

"우리가 없는 시대라……."

신검이 빙긋 웃었다.

"한 번 살아보고 싶은 시대이겠어."

모두가 피식 웃었다.

그렇다.

수라천마와 사대마령, 그리고 철리패, 신검이 없는 시대.

그런 시대라면 한 번 살아볼만 할 거다.

남장후가 속삭였다.

"끝나가는 모양이군."

모두의 시선이 새하얀 빛이 흘러나오는 통로를 향해 돌아갔다.

철리패가 속삭였다.

"저 녀석, 짜증나."

그러자 모두가 눈살을 찌푸리며 고개를 끄덕였다.

말마따나 짜증이 났다.

우리의 시대를 살았고, 우리가 없는 시대까지 만들어갈 놈.

너무나 부러웠다.

저 새하얗고 겁 많고, 짜증나는 녀석이…….

†

위이이이이이잉!

통로를 가로지르는 한 쌍의 날개는 잔인했다.

날개에 닿은 건 무엇이라도 먼지가 되어 휘날렸다.

날개가 이따금 뿜어내는 수십 개의 깃털은 악독했다.

깃털이 꽂힌 것은 당장에 새하얀 불꽃에 휩싸여 사라져 버렸다.

그렇게 천마도의 무인들은 먼지가 되거나 불타올랐다.

그리고 결국 한 명만이 남게 되었다.

공중에 둥둥 떠 있던 위수한이 날개를 힘차게 내저었다.

마지막이다.

빠르고 단호하게 정리하는 것이 바로 저 가여운 생명에게 할 수 있는 도리이리라.

푹!

위수한의 손이 무인의 심장부위를 뚫어버렸다.

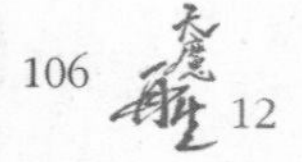

그때였다.

죽어가는 천마도의 무인이 입을 열었다.

"궁금해. 하나. 우리는……."

순간 위수한의 눈이 커졌다.

그가 지금껏 죽인 천마도의 무인들은 말을 할 수가 없었다.

짐승처럼 비명이나 고함을 쳐대기만 할 뿐이었다.

그렇기에 위수한은 죄악감을 조금 덜어낼 수가 있었다.

그런데 이 녀석은 말을 한다.

어색하지만 분명 말을 하고 있었다.

어째서 이 녀석만 다른 걸까?

들어올 때 보았던 열 명의 수문무인처럼 필요에 의해 말을 배운 것일까?

아니다.

그런 것 같지는 않았다.

그렇다고 보기엔 말투가 어색하고 조잡했다.

보아하니, 이 녀석은 스스로의 의지로 눈치껏 말을 배운 것 같았다.

이 녀석은 사람이고자 했던 거다.

시키는 대로가 아닌, 배우고 익혀서 알아가고 싶었던 거다.

위수한의 짐작이 옳다는 듯 죽어가는 무인이 힘없는 목

소리로 물었다.

"우리는, 우리도 혼백이 있어? 죽으면, 다시, 태어나?"

마지막 남은 무인이 하는 질문에 위수한은 입을 우물거렸다.

진지하고 순수한 눈빛이다.

죽음에 대한 두려움과 공포가 가득하지만, 그 안에 한줄기 간절한 희망도 엿보였다.

그러니 거짓을 말할 수는 없었다.

위수한은 어렵게 입을 벌렸다.

"모르겠다."

무인의 눈빛이 어두워져 간다.

위수한이 부드러운 목소리로 말했다.

"하지만 이거 하나는 말해줄 수가 있다. 난 다시 태어난 사람을 직접 내 눈으로 보았다. 그는 마귀 같은 이였지만, 어째서인지 다시 태어났더군. 그러니, 너 역시 다시 태어날 수 있을 것이다. 그런 마귀도 다시 태어났는데, 네가 다시 태어나지 않을 리 없지 않느냐? 단 이곳만은 아닐 거다. 이곳은 내가 기필코 없애버릴 게야. 그러니 안심하여라."

"정말……?"

위수한은 고개를 끄덕였다.

무인이 힘없는 목소리로 속삭인다.

"고마워……, 알려줘서."

그러며 툭하고 고개를 떨어트린다.

위수한은 이를 악 물었다.

위이이이잉.

죽어버린 무인의 심장부위에 박혀 있는 위수한의 팔이 하얗게 물든다.

그러자 무인은 가슴부터 하얀 재가 되어 풀풀 날리어 갔다.

그렇게 무인이 머리카락 한 모 남기지 않고 재가루가 되고 나서야, 위수한은 팔을 내렸다.

그리고 새하얀 먼지를 향해 속삭인다.

"다음에 다시 보자. 이렇게는 말고……."

†

뚜벅, 뚜벅, 뚜벅, 뚜벅.

새하얀 빛이 사라진 통로 저편에서 발걸음 소리가 울린다.

위수한이 다가오고 있는 것이리라.

뚜벅, 뚜벅, 뚜벅, 뚜벅.

소리에도 감정이 있다.

지금 위수한의 발소리에서는 깊고 짙은 슬픔이 느껴졌다.

아프다며 속삭이고 있었다.

몸이 아니라 마음이, 괴롭고 힘들다며 말하고 있었다.

모두가 그 슬픔을 들었다.

잠시 후, 어둠을 가르며 위수한이 나타났다.

그의 전신은 온통 붉게 물들어 있었다.

핏물이다.

하지만 그의 몸에서 난 건 아니었다.

천마도의 마인들이 흘린 핏물일 것이다.

그가 걸음을 옮길 때마다 뚝뚝 떨어져 바닥을 적시는 핏물은 마치 눈물 같았다.

다가온 위수한이 남장후 만을 바라보며 걸어왔다.

그리고 남장후의 앞에 이르자, 걸음을 멈췄다.

똑바로 바라본다.

그의 눈빛은 차가우면서도 뜨겁고, 무거우면서도 가벼웠다.

남장후는 위수한을 가만히 마주보다가 살포시 미소를 지었다.

"도망칠 곳이 없어졌구나."

"네. 도망칠 곳이 없습니다. 당신이 원한대로 된 거지요."

"난 네가 도망치는 게 싫어."

위수한이 빠드득 이를 갈았다.

"아니지요. 제가 도망치는 게 싫은 게 아니라, 그저 제가 싫으신 거겠지요."

남장후가 고개를 끄덕였다.

"그래. 잘 아는 구나."

"하나만 여쭙겠습니다."

"뭐냐?"

"다시 태어난 거 맞습니까?"

남장후는 고개를 끄덕였다.

"그래. 믿을 수 없겠지만 그렇다."

위수한은 안도의 한숨을 쉬었다.

"다행입니다."

"내가 다시 태어난 게 다행이라는 건 아닌 듯한데?"

"아뇨. 그것도 다행입니다. 언젠가 기필코 당신께서 다시 태어난 것을 후회하도록 만들어 줄 테니까요."

그러며 위수한은 남장후를 지나쳐 앞으로 걸어갔다.

"이제부터는 제가 앞장서겠습니다."

그러며 뒤도 안돌아보고 먼저 걸어갔다.

그의 발걸음소리에는 더는 슬픔이 담겨있지 않았다.

확신과 의지, 그리고 용맹만이 느껴졌다.

남장후는 멀어져 가는 위수한의 등을 보며 작게 속삭였다.

"이미 하고 있다."

후회를…….

위수한의 바람보다 더 많이, 더 자주…….

†

침묵 속에 발걸음 소리만이 울린다.

도망칠 곳이 없는 위수한의 발걸음 소리는 단호하고 무거웠다.

바로 뒤에서 그를 따르는 남장후는 가만히 그의 등만을 바라보았다.

어느 순간 남장후가 속삭였다.

"잘 컸어."

그의 말을 들은 위수한이 코웃음 쳤다.

"제 나이가 일흔을 넘었습니다. 잘 늙었다고 하셔야지요."

남장후가 피식 웃었다.

"그렇군. 잘 늙었어."

"죽을 때가 되었다는 말씀으로 들립니다."

"죽을 거냐?"

"누구 좋으라고요?"

"오늘따라 까칠하구나."

"까칠할 만 하지 않습니까!"

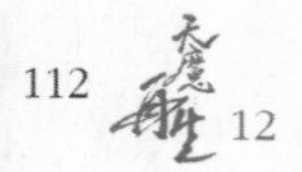

"죽여줘?"

위수한이 걸음을 멈추더니, 휙 고개를 돌렸다.

그러며 매섭게 남장후를 쏘아보았다.

남장후가 눈매를 칼날처럼 얇게 좁혔다.

"오늘까지만 살래?"

위수한이 눈을 부릅떴다. 그리고 크고 우렁차게 외쳤다.

"아니요! 잘못했습니다! 한 번만 봐주십시오!"

남장후가 눈살을 찌푸렸다.

"시끄럽다. 잘못했다는 놈이 참 당당하구나."

"행동을 잘 못한 게 아니라, 힘이 없는 게 잘못이라서 그럽니다!"

그러며 위수한은 억울하다는 듯 주먹을 불끈 쥐며 고개를 위로 치켜세웠다.

"저 하늘이 야속할 뿐입니다. 대체 어째서 선배님을 다시 살린 것인지 그 의도를 모르겠습니다!"

남장후가 빙긋 웃었다.

"알려줄까? 후회하라고."

"그렇다면, 저 하늘은 실패 했군요."

위수한이 아쉽다는 듯이 하는 말에 남장후는 씁쓸한 미소를 지었다. 그리고 굳게 입을 다물었다.

너의 생각과는 달리 저 하늘은 실패하지 않았다, 라는 말을 차마 하기는 싫었다.

남장후의 뒤를 따르는 이들은 그의 심정을 알기에 입을 굳게 다물었다.

남장후는 지난 삶을 후회하기를 넘어서, 자신이 이 세상에 가장 큰 위협이라고 판단하여 스스로를 죽이겠다고까지 마음먹었다.

그건 자책을 견딜 수 없는 자결이 아니라, 세상을 위한 결단인 거다.

실로 가혹한 삶이다.

갑자기 신검이 속삭이듯 말했다.

"또 다시 태어나지는 마시오."

남장후가 고개를 돌려 신검을 바라보았다.

신검이 다시 말했다.

"만약 다시 태어날 수 있다고 하여도, 다시 태어나지는 마시오."

남장후가 고개를 저었다.

"아니. 그러한 기회가 다시 내게 주어진다면, 난 또 다시 태어날 거야."

그러며 빙긋 웃는다.

"한 순간이라도, 살아있다는 건 무엇과도 바꿀 수 없는 정도로 즐거운 일이니까."

그러자 괴겁마령이 울컥했는지 크게 외쳤다.

"큰 형님! 그러하시다면 대체 왜……!"

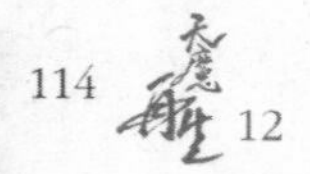

남장후가 속삭였다.

"푸른 하늘. 불어오는 바람. 잔잔한 물결. 황금빛으로 물든 대지. 밥 짓는 냄새. 아이들의 웃음소리. 그런 것들이 소중해졌어. 내가 느끼는 즐거움보다 더."

괴겁마령은 이를 악물며 고개를 푹 숙였다.

앞서 걷던 위수한은 뭔가 이상하다 싶은지, 다시 고개를 뒤로 돌렸다.

대체 무슨 말일까?

자신이 천마도의 무인과의 격전을 벌이던 사이 뭔가 일이 있었던 듯싶었다.

위수한은 그 사정이 무엇인지를 물으려고 입을 벌렸다가, 다시 다물었다.

전면에 커다란 문이 모습을 드러냈기 때문이었다.

이제 목적지에 도달한 모양이었다.

문은 거대한 원형의 형태를 하고 있었다.

본래 그러한 형태가 아니라, 수라마안이 뿜어낸 푸른빛의 기둥에 의해 그렇게 변한 듯했다.

모두의 눈이 커졌다.

"놀랍군."

이 문.

수라마안이 뿜어낸 빛의 기둥을 견뎌냈다는 것이다.

대체 재질이 무엇이기에?

남장후가 말했다.

"이 문 안쪽에 너희가 보아야할 것이 있다."

위수한이 다가가, 문을 매만졌다.

그러더니 주먹을 쥐어, 힘껏 내지른다.

콰앙!

굉음과 함께 위수한이 한 걸음 뒤로 튕겨 나왔다.

손목을 매만지며 눈살을 찌푸린다.

반면 위수한의 주먹이 가격한 자리는 스친 흔적조차 남아있지 않았다.

위이이이이잉.

위수한의 주먹이 새하얗게 물들어간다.

비천신기를 사용할 때 일어나는 현상이었다.

"하아아아압!"

위수한은 기합을 지르는 동시에 새하얗게 변한 주먹을 내질렀다.

콰아아아아아아아앙!

우렁찬 굉음과 함께 통로가 무너질 듯 흔들렸다.

가격당한 대문의 표면이 한 치 정도 움푹 파였다.

그게 전부였다.

위수한은 자존심이 상하는지 눈매를 꿈틀거렸다.

그때, 뒤편에서 구경하고 있던 일행 중 한 명이 한 걸음 나서며 말했다.

"주먹질은 그렇게 하는 게 아니야."

외팔의 노인.

철리패였다.

위수한은 뭐라 대꾸하려다, 어쩔 수 없다는 듯 입을 다물었다.

권황 철리패 앞에서 주먹질을 논할 수는 없기 때문이었다.

철리패는 하나 뿐인 손을 굳게 주먹을 쥐며 위수한 쪽으로 걸어갔다.

위수한은 마주 노려보다가, 한걸음 왼쪽으로 물러섰다.

"별 차이는 없을 겁니다만, 한 번 해보기는 하십시오."

철리패는 코웃음치며 말했다.

"내기할까?"

"안 된다니까요."

"한 대만 맞아라. 어때?"

"안 되면 선배께서 제게 한 대 맞는 겁니다."

"좋다."

"약속하신 겁니다."

철리패는 고개를 끄덕인 후 문을 향해 다가가 멈췄다.

무릎을 살짝 굽히고, 주먹을 허리까지 올린다.

이제 막 아이가 권법을 수련할 때나 할 법한 정석적인 내지르기의 자세였다.

"하아아아."

철리패가 입을 벌려 호흡을 가누었다.

들이쉬고 내쉰다.

숨소리는 신중하지만, 깊거나 현묘하지는 않았다.

그렇기에 내공을 휘돌리기 위한 심법을 운용하는 것 같지는 않았다.

그리고 단단한 문이 생사를 다툴만한 적이라도 된다는 듯이 매섭게 노려본다.

철리패가 안정된 호흡을 끊고 입을 열었다.

"팔이 하나 남으니, 생각도 단순해지더군요."

수라천마 장후에게 하는 말인 듯하다.

"생각이 단순해지니, 편해지더군요. 그러니 주먹에 힘이 들어가지 않더이다."

스르르.

철리패가 허리에 높이에 두었던 주먹을 천천히 뻗었다.

톡.

그의 주먹이 문에 맞닿았다.

하지만 문의 표면에는 아무런 변화는 없었다.

하기야 당연했다.

그의 주먹질에는 대여섯 살 어린아이의 앙탈 정도의 힘도 실리지 않은 듯했으니까.

철리패가 말했다.

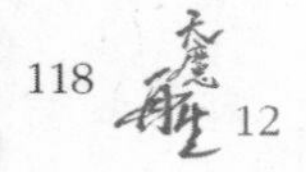

"그런데 주먹에 힘이 들어가지 않으니, 제대로 힘을 쓰는 법을 알겠더이다."

그제야 남장후가 대꾸하는 말했다.

"놀랍구나. 거기까지 닿았느냐?"

철리패가 여전히 문을 노려보며 물었다.

"얼마나 더 가면, 당신께 닿습니까?"

남장후가 바로 대꾸했다.

"주먹조차 쥐지 않아도 되면, 나를 볼 수 있을 것이다."

철리패가 송곳니를 드러냈다.

"얼마 안 남았군요. 그때 당신의 명줄을 자르는 건 제가 될 겁니다."

콰아아아아아아앙!

우렁찬 굉음이 철리패의 주먹과 문의 표면 사이에서 터져 나왔다.

쩌쩌쩌쩌쩍!

철리패의 주먹이 맞닿은 부분에서부터 균열이 뻗어나가기 시작했다.

잠시 만에 문의 표면 전체가 거미줄처럼 갈라져 버렸다.

철리패가 주먹을 떼고 아래로 내렸다.

그러자, 거의 동시에 문이 허물어 내렸다.

일어나는 흙먼지를 가볍게 털어내며 철리패는 앞으로 걸음을 옮겼다. 하지만 두 걸음을 떼다 말고 갑자기 생각났다는 듯 고개를 돌려 위수한을 바라보았다.

"한 대다."

철리패가 그렇게 말하자 위수한은 침을 꿀꺽 삼켰다.

그 한 대가 바로 저 주먹이라면 무슨 수를 쓰더라도 막을 수가 없을 것 같았다.

신검이 위수한을 지나쳐 앞으로 걸어가며 말했다.

"약속은 지켜야지?"

갑자기 위수한이 눈을 껌뻑였다.

"약속이요? 무슨 약속 말입니까?"

신검은 중얼거렸다.

"한 대만 맞을 걸 두 대로 늘이는 것도 재주라면 재주겠지."

모두가 신검의 뒤를 이어 안으로 들어갔다.

홀로 남겨진 위수한은 어쩔 수 없다는 듯이 너털너털 걸음을 옮겼다. 그러다 무너진 문을 파편을 갑자기 확 발길질로 차 버렸다.

"왜 부서지는 건데? 썩을."

†

문의 안은 쾌적했다.

바닥과 벽, 보이는 모든 것이 새하얗게 칠해져 있었다.

때문에 뭔가 색이 있는 것이라면 어렵지 않게 구분할 수 있었다.

새하얀 옷과 장갑을 끼고, 복면을 착용한 사람들이 이리저리 돌아다니고 있다.

그들은 들어선 남장후 일행이 보이지 않는다는 듯이 분주하게 제 할 일만을 하고 있을 뿐이었다.

당장 목에 칼을 들이밀어도, 하던 일을 멈출 것 같지가 않았다.

이상한 놈들이다.

놈들이 만지고 있는 것들은 더욱 이상했다.

투명한 호로병에 담긴 액체를 노려보거나, 동물의 피부 조각 같은 것을 얇은 침으로 이리저리 찔러대고 있었다.

대체 뭘 하고 있는 걸까?

남장후의 목소리가 울린다.

"오던 중에 보았듯이 놈들은 생명을 병기로써 제조하게 되었다. 교육과 훈련을 통해 사람을 강화시키는 것이 아니라, 강화된 생명 그 자체를 만들려 했지. 그렇기에 실험에 실험을 거듭했고, 그 과정 중에 너희가 지나쳐온 병기제조기를 완성했다. 그게 놈들이 할 수 있는 최선이었어."

남장후가 옆을 지나치는 백의인을 붙잡더니, 복면을 쓱 내렸다.

그 얼굴, 제조기에서 나온 소년들과 같았다.

역시 이 복면인들 역시도 그 제조기가 만들어낸 생명인가보다.

"이 녀석들의 원형이 누구인지는 모른다. 하지만 그건 알겠어. 아주 다양한 방면에 재능이 있었던 듯해. 그러니 이렇게 다양하게 사용할 수 있겠지."

남장후가 백의인을 풀어주었고, 그는 당연하다는 듯 본래 가려던 방향으로 걸어갔다.

"그리고 꽤나 성격이 단순했던 모양이야. 아니면, 백치였던가."

그러며 남장후는 다시 걸음을 옮겼다.

점차 백의인들이 드물어지더니, 어느 순간 아무도 보이지 않았다.

대신, 문 하나가 모습을 드러냈다.

철리패가 무너트렸던 문과 재질이 같아 보였다.

남장후는 다가가 손을 뻗었다.

푹.

남장후의 손가락 다섯 개가 문의 표면을 뚫고 들어갔다.

손가락을 오므리더니, 거칠게 잡아당긴다.

쩌쩌쩌쩍!

문이 종이처럼 뜯겨 나왔다.

그러자 한 사람 정도는 거뜬히 오갈 수 있을 만한 구멍이 모습을 드러냈다.

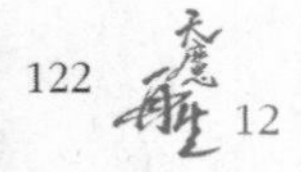

그 순간 위수한이 혀를 내둘렀다.

"뭐가 저렇게 쉬워? 사람 민망하게끔."

남장후는 대꾸치 않고 안으로 들어갔고, 모두가 그 뒤를 바로 따랐다.

이번 문의 안쪽 역시 벽과 천장, 바닥 모두가 하얗다.

다만 다른 점이 있다면, 오가는 이들의 용모가 모두 다 다르다는 점이었다.

제조기가 만들어낸 생명이 아니라는 거다.

반응 역시도 달랐다.

그들은 들어선 남장후 일행을 노려보며 외쳤다.

"누구냐!"

"감히 이곳을!"

남장후는 말없이 그들에게 다가가, 파리를 쫓듯이 가볍게 손을 휘저었다.

퍽!

손길에 닿은 이가 이리저리 날아가 벽과 천정에 부딪쳤다 떨어졌다.

더는 남장후의 앞을 가로막는 이가 없었고, 남장후는 계속 앞으로만 걸어갔다.

어느 순간, 물빛이 일렁인다.

통로의 양쪽에 반투명의 옥으로 만든 관과 같은 것들이 박혀 있었다.

그 안에 물이 가득 차 있었다.

"이곳이 바로 천외비문의 고급전력을 제조하는 시설이다."

모두가 옥관을 둘러보았다.

대부분이 물만 채워져 있었다.

하지만 이따금 사람이 안에 담겨 있는 것도 있었다.

뭘까?

그때, 누군가 외치듯 말했다.

"숙부님?"

신검이었다.

신검이 노려보는 곳에는 한 명의 노인이 벌거벗겨진 채 담겨져 있었다.

용모가 신검과 흡사하다.

신검이 믿을 수 없다는 듯 옥관 속의 노인을 이리저리 훑어보다가 속삭였다.

"하진백 숙부?"

백의검왕(白義劍王) 하진백!

검성 하지후 이전에 진무하가를 이끌었던 검도고수!

한때는 정파제일인이라고 불리기도 했던 거물이었다.

하지만 집마맹의 십존 중 둘과 맞서 싸우다가 시신조차 남기지 못한 것으로 알려져 있었다.

신검과 철리패의 시선이 다른 옥관 속에 담긴 사람들로

이어졌다.

모두가 과거 집마맹에 맞서 싸웠던 선배고수였다.

대체 이들이 왜 이 옥관 속에 갇혀 있는 걸까?

“생명을 만들기 위해서는 생명이 필요하지. 특히 뛰어난 생명을 만들려면 뛰어난 생명이 필요할 거야.”

갑자기 괴겁마령이 이를 빠드득 갈았다. 그리고 한 쪽을 노려보며 속삭였다.

“조부님.”

그가 노려보는 곳, 대머리 노인이 담겨 있었다.

괴겁마령이 조부님이라고 부를 사람은 한 명 뿐이다.

오륜마궁의 궁주였던 오륜마야(五輪魔爺).

집마맹 이전, 강호무림의 삼 할을 차지했던 마도의 절대자.

옥관 속에 담긴 시체를 둘러보며 치미는 분노를 애써 억누르던 모두가 한 방향에 모였다.

가장 끝 쪽이다.

그곳에는 다른 옥관과 비교도 할 수 없을 만큼 거대한 옥관이 있었다.

그 안에는 다른 것과 다름없이 물이 가득 차 있었고, 시체인지 아니면 잠들어 있는 건지 구분할 수 없는 사람 하나가 그 안에 둥둥 떠 있었다.

이제 스물 정도는 되었을까 싶은 청년이었다.

눈매가 날카롭고 콧대가 높다.

팔과 다리는 길고 어깨는 넓다.

무공을 익히기에 타고난 체형이라고 할 만하다.

청년을 바라보는 모두의 눈이 찢어질 듯 벌어졌다.

못 볼 것을 보았다는 듯 몸은 부들부들 떨었다.

대체 저 청년이 누구이기에?

유일하게 담담한 표정을 유지하고 있는 남장후가 속삭였다.

"역시 그랬군."

남장후가 옥관을 향해 걸음을 옮겼다. 그리고 옥관의 표면에 손바닥을 가져다 대더니, 웃는 낯으로 말했다.

"오랜만이다, 집마맹주여."

NEO ORIENTAL FANTASY STORY

第百十四章.

이 얼마나 기쁜가

第百十四章.

이 얼마나 기쁜가

철리패가 주먹을 꼭 쥔다.

괴겁마령이 어둠을 머금었다.

신검은 검이 되었다.

위수한은 새하얀 날개를 매달았다.

거대한 옥관 속에 갇힌 청년을 보는 순간, 모두가 본신의 힘을 퍼부으려 했다.

그건 투쟁본능이었다.

아니, 생존본능인지도 몰랐다.

아니, 기억이었다.

저 청년을 보는 순간 자연스레 그렇게 될 수밖에 없었다.

그러한 본능과 기억, 다짐을 그들의 가슴에 새겼던 존재가 바로 저 청년이기에, 그렇게 될 수밖에 없었다.

집마맹의 맹주.

지옥의 나날을 만들어냈던 마왕!

"혈제!"

수라천마 장후가 나타나기 전까지는 재앙이라고 불렸던 자.

아무리 보아도 그가 분명했다.

모두에게 아픈 기억이며, 쓰린 과거였다.

모두의 시선이 남장후를 향했다.

대체 이게 어떻게 된 것이냐고 눈빛으로 묻고 있었다.

남장후는 옥관 속에 갇혀 있는 혈제를 눈이 부시다는 듯이 바라보며 말했다.

"맞다, 혈제이지."

그러며 아니라는 듯 고개를 젓는다.

"하지만 정답은 아니야."

낭독하듯 말을 잇는다.

"사망귀마(死亡鬼魔), 고루마황(骷髏魔皇), 흑산마괴(黑産魔魁). 들어 본 적은 있지?"

모두가 고개를 끄덕였다.

지난 멸세천마 이후에서 집마맹 이전까지 세상을 피로 물들였던 세 차례의 혈란이 있었다.

사망귀마와 고루마황, 흑산마괴가 그 세 혈란의 장본인이었다.

집마맹주 만큼은 아니지만, 그대로 세상을 비탄에 빠트렸던 인물들이다.

그들 세 명은 모두 천하제패의 일보 직전까지 갔었으나, 천외비문의 비문전인에 의해 몰락했다.

갑자기 그들을 열거하는 이유는 뭘까?

남장후가 말했다.

"천외비문에 대해 조사하는 과정 중에 어렵게 그들의 용모파기를 입수할 수 있었다. 헌데 뭔가 이상했지. 그림에 그려진 세 명의 용모가 너무나 흡사하기 때문이었어. 또한 익숙하기도 해서였지. 혈제, 그와 너무나 닮아있었거든. 쌍둥이처럼 말이야. 한 어미의 배에서 동시에 나올 수는 있어도, 수십 년 정도의 시간을 두고, 한 명씩 툭툭 낳을 수는 없잖아? 그럼 뭘까?"

위수한이 물었다.

"뭘까요?"

"이 뒷부분은 누가 대신 설명을 해줄 거야."

모두의 시선이 오른쪽 구석의 그늘로 돌아갔다.

그곳에 누군가 숨어 있음을 느끼고 있었기 때문이었다.

잠시 후, 그늘 속에서 한숨이 흘러나온다.

"아, 알겠습니다. 그 다음은 제가 설명해드리지요."

뚜벅, 뚜벅, 뚜벅.

어둠을 밀어내며 누군가 걸어 나왔다.

백의를 걸친 노인이었다.

일행 앞까지 다가온 백의노인은 찬찬히 모두를 둘러보더니, 남장후에게 시선을 고정했다.

노인의 눈빛에 탐욕과 광기가 어렸다.

이름난 조각가가 일생에 걸쳐 깎고 다듬어 완성한 조각품을 보는 듯하다.

아니, 달리 보면 아름다운 여인을 바라보는 사내의 눈빛기도 했다.

남장후가 입을 열었다.

"그렇게 보지 마라. 눈알을 빼어버리고 싶어지니까."

백의노인은 움찔하며 눈동자를 내리깔았다.

남장후가 말했다.

"설명해 보거라."

백의노인은 할 말을 고르지 못하겠는지, 그저 입만 우물거렸다.

남장후가 빙긋 웃었다.

"내가 할까? 그럼 넌 어떻게 될까?"

백의노인이 파르르 몸을 떨었다.

남장후가 말했다.

"내가 하지."

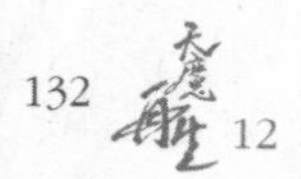

백의노인이 입을 벌렸다.

"저, 저는 원광이라 하옵니다. 천금종인의 병기제작을 책임지는 사람이지요."

백의노인 원광은 손을 뻗어 혈제가 갇혀 있는 거대한 옥관을 가리켰다.

"이건 천비육호(天秘六號)라고 합니다."

목이 마르는지, 침을 한 번 꿀꺽 삼킨 후 말을 잇는다.

"사망귀마, 고루마황, 흑산마괴의 원본입니다. 아, 혈제도 있군요."

그 순간 모두가 이를 악 물었다.

그리고 당장이라도 원광이라는 노인을 찢어서 죽여 버리겠다는 듯이 핏발이 가득한 눈으로 노려보았다.

원광은 두려움을 참지 못해, 입을 다물고 뒷걸음질 쳤다.

그 순간 남장후가 말했다.

"계속 해. 더 물러나면 다리를 잘라낼 거야."

원광은 바로 멈추고 다시 입을 열었다.

†

제가 아는 바는 별로 없습니다.

저는 그저 기술자에 불과합니다.

이 시설을 관리하고 유지하는 게 제가 아는 전부일 뿐입니다.

그러니 제가 말씀드릴 수 있는 건, 그리 많지 않을 겁니다.

아, 천비육호요?

이건 우리 천비병고의 자부심입니다.

천비육호의 정체는 잘 모릅니다.

천금종인을 창시하신 분이라는 설이 있는데, 확실치는 않습니다.

어찌되었건 우리는 천금육호를 원형으로 하여 최강의 병기를 제조할 수 있었습니다.

물론 제작에는 엄청난 시간과 자금이 소요됩니다.

덕분에 대략 오십삼 년에 한 개만이 가능하지만, 그게 어디입니까? 허허허허허헛.

죄, 죄송합니다. 제가 웃음이 많은 편이라…….

그 덕분에 지금껏 고작 세 개의 시작품을 완성할 수 있었습니다.

사망귀마, 고루마황, 흑산마괴가 바로 그것들이지요.

시작품은, 저는 잘 모릅니다만, 대단했다지요?

제 손을 거치지 않은 물건들이어서요.

하지만 약간의 문제가 있었죠.

수명은 사십년 정도에 불과하고, 시간의 경과에 따라 능력이 고갈된다는 점이었지요.

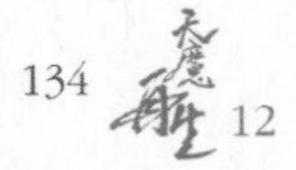

물론 그 정도만으로도 대단한 성과였지요.

하지만 위쪽에서는 뭐, 아시지 않습니까?

윗사람들이야 사정을 봅니까?

그저 성과만 보지요.

더 해보라고 했다더군요.

돈과 인력, 시간이 얼마나 들어가도 좋으니 제대로 완성해보라고 했답니다.

그때쯤 책임자가 된 게 저입니다.

필요한 건 다 제공한다기에, 해봤죠.

진짜 별짓 다 해봤습니다.

그리고 완성했습니다.

혈제.

아시지요?

그것이 바로 제 작품입니다.

제 자식 같은 놈이지요.

아니, 제 자식입니다. 허허허허허허.

죄, 죄송합니다.

자, 자식은 요, 무슨.

그런 괴물 따위가 어찌 자식일 수 있겠습니까!

허허허허허허허.

아, 죄송합니다. 조금 전 말씀드렸다시피, 제가 웃음이 좀 많습니다. 예, 주의하겠습니다.

그렇게 저는 내 인생의 역작인 혈제……, 아니, 과오인 그 혈제라는 괴물을 완성했습니다.

그때가 백 년 전 쯤인가요?

아, 제가 나이가 좀 많습니다.

이런 일을 하다 보니 좋은 것 있으면 챙겨먹거나, 나중에는 더 좋다는 것을 좀 만들어 먹다보니 하니까 잘 안 늙더군요.

예, 위회주님.

가실 때 모두 챙겨드리겠습니다.

제가 어디까지 말씀드렸지요?

아? 혈제요.

네. 혈제는 완성품입니다.

수명의 제한도 없으며, 능력 또한 시작품 세 개를 합한 것만 했지요.

윗선에서도 만족했습니다.

저 천비육호가 살아있을 당시 그대로일 것이라고 하더군요.

그리고 명하시기를, 양산을 하라시더군요.

양산이라니요.

혈제를 완성하기까지 걸린 시간과 비용이 얼마나 걸렸는지 안다면 그런 명령을 내릴 수 없었을 텐데요.

하지만 아시다시피 아랫사람이 할 수 있는 말은, '예,

알겠습니다.' 뿐이지 않습니까?

저도 별 수 없었지요.

대신 그 시간과 비용을 대략이나마 산정하여 올렸습니다.

윗선에서도 난감해하시더군요.

하지만 명령을 번복하지는 않았습니다.

대신 이리 말씀하시더군요.

그 비용과 자금을 어떻게든 마련하겠다고요.

그로써 우리의 전쟁을 종식케 하겠다고 하시었습니다.

혈제를 양산하기 위한 비용과 자금을 만들기 위한 계획.

그 계획의 이름을 이리 지으시더군요.

'집마맹' 이라고요.

†

원광은 더는 할 말이 없는지 지그시 입을 다물었다.

그리고 주눅 든 얼굴로 사람들의 표정을 살폈다.

남장후 만을 제외하고는 하나같이 어색한 표정을 짓고 있었다.

분노와 슬픔, 허탈함이 버무려 하나로 만든다면 그러하지 않을까 싶었다.

남장후가 말했다.

"이것이 바로 집마맹의 탄생비화이군."

괴겁마령이 그를 향해 고개를 돌렸다.

"알고 계셨습니까?"

남장후는 고개를 저었다.

"아니. 몰랐다. 다만 천외비문을 조사하며 어쩌면 그럴지도 모른다고 짐작만 했었지."

신검이 어울리지 않게 버럭 소리를 질렀다.

"짐작이라고요? 정말이시오?"

남장후가 스르르 고개를 돌려 신검을 마주 보았다.

"나도 화난다. 아니, 내가 가장 화가 날 거다."

신검이 뭐라고 대꾸하려다 말고 이를 악 물었다.

그래, 말마따나 이 자리에서 가장 화가 난 사람은 분명 남장후일 것이기 때문이었다.

수라천마 장후만큼 집마맹을 증오하는 사람은 없으니까.

하지만 신검 역시 못지않았다.

진무하가는 집마맹에 의해 몰락했었다.

더구나 숙부이자 신검이 존경했던 백의검왕 하진백이 죽어서도 무덤에 묻히지 못하고, 저리 옥관 속에 갇혀 있지 않은가.

당장이라도 이곳을 모조리 부숴버리고 싶었다.

닥치는 대로 베고 찌르고 죽이고 싶었다.

이 자리에 있는 모두의 심정이 그랬다.

참을 수 없어 몸을 부들부들 떨었다.

하지만 남장후만은 담담한 표정을 유지한 채, 말했다.

"아니길 바랐다. 집마맹이 그저 천금종인이라는 녀석들이 혈제를 양산하기 위한 자금과 인력을 모으기 위한 수단이라면, 나의 아내는? 나의 아들은?"

위이이이이잉.

남장후의 미간에 푸른 빛이 어렸다.

"이것이 바로 너희에게 보여주고 싶었건 것이다. 그리고 나 또한 확인하고자 했던 것이지. 자, 이제 결정을 짓자. 천외비문은?"

위수한이 말했다.

"없애야지요."

남장후가 말했다.

"놈들은 자신들이 무슨 짓을 했는지 모른다. 천문의 문주 역시 꼭두각시일 뿐이야. 그래도?"

위수한이 잠시 고민한 후 말했다.

"제가 맡겠습니다."

"책임질 수 있나?"

위수한이 무겁게 고개를 끄덕였다.

"이런 일은 도망칠 수가 없지요."

남장후가 고개를 끄덕였다.

"알았다. 천외비문은 네게 맡긴다. 원하는 건 무엇이든 말해라. 지원해주지."

"지금 말씀드리지요. 관입니다. 많이 필요할 겁니다."

남장후가 피식 웃었다.

"그럴 줄 알고 많이 마련해 두었다. 나머지는 천금종인을 없앤다. 그리고 시천마를 없앤다. 동의하나?"

대답하는 사람은 없었다.

대신 두 눈에 확고한 의지와 살기만을 담아낼 뿐이었다.

그때였다.

우르르르르르르릉.

사방이 진동하며 벽이 내려앉고, 바닥이 올라왔다.

무슨 일일까?

뭔가 매설된 기관장치가 움직이는 듯했다.

양측에 배치된 옥관이 모습을 숨기고 대신, 철궤와 같은 것이 튀어 나왔다.

그 순간 갑자기 원광이 입을 쩍 벌렸다.

"크하하하하하하하하하하핫!"

모두의 시선이 원광에게로 돌아갔다.

원광이 웃음을 멈추고 빙긋 미소를 지었다.

"내가 말했지 않는가? 웃음이 많은 편이라고."

모두의 눈매가 날카로워졌다.

갑자기 벌어진 이 현상은 원광이 벌인 짓인 듯 했다.

위수한이 낮게 목소리를 깔아 물었다.

"시간을 끈 건가?"

원광이 고개를 저었다.

"아니지. 무덤을 만든 거지. 당신들의 무덤을 말이야."

그러더니 남장후 쪽으로 고개를 돌린다.

그의 눈동자에는 처음 남장후를 보았을 때 어려 있던 탐욕과 광기가 다시 모습을 드러냈다.

"넌 보물이야. 알아? 당신은 저 천비육호와는 비교도 안 되는 작품이야. 당신이라면, 당신을 연구한다면, 명작을 만들 수 있겠어. 혈제 따위는 쓰레기에 지나지 않을 대단한 물건이 태어날 거야."

남장후가 코웃음쳤다.

"고맙구나. 그런데 그게 가능할까?"

원광은 크게 고개를 끄덕였다.

"가능하지. 저 것들이라면 가능해."

위이이이이잉.

양측에 모습을 드러낸 이십여 개의 철궤가 요동친다.

갑자기 앞면에 길게 균열이 일더니, 스르르 열렸다.

열린 틈 사이로 뭔가가 튀어나온다.

벌거벗은 사람이었다.

그 용모가 하나같이 똑같다.

혈제.

벌거벗은 사내들의 용모는 모두 혈제와 똑같았다.

남장후의 일행이 놀라 입을 쩍 벌렸다.

그들의 반응이 마음에 드는지 원광이 흥분된 얼굴로 말했다.

"설명했지 않나? 혈제를 양산하도록 명을 받았다고. 이것이 바로 그 결과이지."

혈제들이 천천히 남장후 일행을 향해 다가간다.

모두가 자세를 낮추고 무기를 뽑아들거나, 주먹을 쥐었다.

그때 남장후가 말했다.

"기쁘지 않나?"

대체 뭐가 기쁘다는 걸까?

그 순간 위수한과 철리패, 신검, 그리고 마령들이 환한 미소를 그렸다.

정말 기쁘다는 표정이었다.

남장후가 시문을 낭독하듯이 말했다.

"혈제를 또 죽일 수 있다니. 이렇게 많이 죽일 수 있다니. 이 얼마나 기쁜 일인가."

모두가 고개를 끄덕였다.

그랬다.

이건 축복이었다.

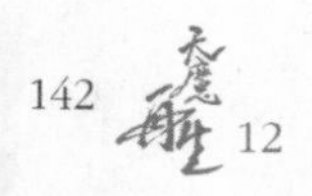

†

혈제.

집마맹의 맹주.

수라천마 장후가 등장하기 전까지는 천하제일이라는 위치를 차지했던 절대마인.

당시 혈제라는 두 글자는 절망을 뜻했다.

눈물의 다른 말이었다.

비명을 대신하는 말이었다.

아니다.

고작 그런 말로 혈제를 형용할 수는 없다.

그럼 뭐라고 해야 할까?

뭐라고 하여야 그 참혹한 시대를 만들었던 혈제라는 마귀를 형용할 수 있을까?

그래, 지옥이다.

혈제는 지옥 그 자체였다.

그랬다.

그는 지옥으로 만들었다.

죽음이 차라리 희망이며 유일한 구원일 수 있도록 여기게 만들었다.

혈제가 그랬다.

그렇기에 혈제라는 두 글자만 들어도 경기를 일으킬 정

도였다.

신검이 그랬으며, 사대마령과 철리패도 그랬다.

그 시대를 살았던 모두가 그랬다.

그들에게 혈제는 적이 아니었다. 어떻게든 피해야할 공포였다.

모두가 그랬다.

단 한 사람을 제외하고는 말이다.

장후.

그가 수라천마가 아닌 흑검독랑이라고 불리던 시절에도 그는 혈제라는 이름을 들어도 두려워하지 않았다.

그저 분노하며, 증오하며, 적대했다.

어떻게 그럴 수 있을까?

그때는 이해할 수 없었다.

하지만 시간이 흐르며, 사대마령과 철리패, 신검의 질문은 변해갔다.

왜 나는 그럴 수 없었을까?

라고…….

시간이 흐르며 경험과 실력, 그리고 연륜이 생긴 세 사람은 알게 되었다.

혈제는 지옥이 아니다.

절망도 눈물도, 비명도 아니었다.

혈제는 그저 혈제일 뿐이었다.

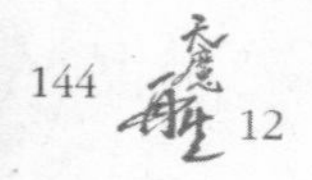

그 이상도, 그 이하도 아니었다.

이겨낼 수 있는 적일 뿐이다.

그걸 알았을 때는 이미 늦어버렸다.

혈제를 죽일 수 있는 자격은 수라천마 장후에게 빼앗겨 버렸으니까.

시간이 흘러 집마맹을 기억하는 사람은 드물다.

그러니 혈제라는 존재가 어떠했는지를 기억하는 사람 역시 거의 없다.

하지만 혈제와 집마맹의 시대를 겪어온 신검과 철리패, 괴겁마령은 이따금 당시를 회상하며 닿지 않았던 바람을 속삭인다.

혈제를 죽인 게 수라천마 장후가 아니라 나였다면……, 이라고.

지나간 과거를 돌이킬 수는 없다.

그러니 그저 미련일 뿐임을 안다.

그럼에도 노인은 회상을 한다.

미련을 떤다.

내일보다는 어제가 아름답기 때문이다.

뜨거웠기 때문이다.

그렇기에 철리패와 신검, 사대마령은 결코 닿지 않았던 바람을 이따금 그리곤 한다.

혈제와 자웅을 결하는 자신의 모습을 말이다.

그건 기쁘지만 서글픈 그림이었다.

그런데 말이다.

그런데……, 말이다.

혈제가 있다.

한 명이 아니라, 열 세 명이나 된다.

골라잡아서 죽일 수 있을 만큼 많다.

그렇기에 철리패와 사대마령, 신검은 웃을 수밖에 없었다.

이 얼마나 기쁜가.

이 얼마나 행복한가.

기적인 거다.

축복인 거다.

이 기적과 축복을 즐기자.

만끽하자!

†

"미친놈들."

원광은 그렇게 속삭였다.

이해할 수가 없었다.

모두가 웃고 있었다.

즐겁다는 듯이 히쭉거리고 있었다.

열 세 명의 혈제가 다가옴에도 그러고 있었다.

'공포에 질려 미친 걸까?'

그럴 수도 있었다.

그의 손으로 빚어낸 작품인 혈제는 지독히 강하니까.

이제 벌어질 결과는 뻔했다.

"그래. 웃다가 죽어라. 나 역시 너희의 시체를 보며 웃을 터이니. 허허허허허헛."

원광은 미친 듯이 웃었다.

그는 자신이 했던 말마따나 웃음이 많은 편이었다. 하지만 오늘처럼 잦지는 않았다.

그가 웃음을 참을 수 없었던 건, 다른 이유가 있기 때문이었다.

바로 남장후.

원광은 크게 외쳤다.

"보물을 얻게 되었구나! 저 보물이라면 나의 꿈을 이룰 수가 있어! 크하하하하하하하핫!"

원광은 웃고 또 웃었다.

그에게 지금 남장후의 모습은 축복과도 같았기에.

혈제.

그건 세상에서 부르는 이름이다.

이곳 천비병고에서 부르는 명칭은 천비제식(天秘制式) 집마이형(集魔二形)이었다.

집마일형인 혈제를 기본형으로 개량한 개체로써, 총 열여덟 개를 완성, 배치하기로 계획되었다.

하지만 현재까지 완성한 개체는 열세 개.

삼십여 년 전부터 물자와 인력이 제대로 공급되지 않은 탓이었다.

원광은 위에 항의를 했지만 별 수 없었다.

집마맹 계획이 실패했기에 집마이형을 양산할 수 있는 재료와 물자, 인력을 공급할 수가 없게 되었다는 변명 같은 이야기만 들을 수 있을 뿐이었다.

다시 원활히 물자를 공급해 줄 터이니, 걱정하지 말라는 약속으로 위로했다.

하지만 삼십년이 지난 지금까지도 그 약속은 지켜지지 않고 있었다.

하기에 원광은 이런 생각을 했다.

집마이형이 아닌, 집마삼형을 만들면 되지 않을까?

집마이형을 능가하는 새로운 집마형을 만드는 것이다.

양산할 수는 없지만, 이제까지 만들어낸 천비제식병기를 모조리 합한 것보다 강력한 단 하나의 병기를!

그러기 위해서는 그게 가능할 수 있는 원형이 필요했다.

천비제식병기의 원형이 된 천비육호는 분명 뛰어나지만, 그보다 나은 것이 필요했다.

하지만 그런 게 있을까?

있을 리 없다.

천비육호는 거의 완벽한 표본이었다.

그보다 나은 것이 있었다면, 선대가 이미 마련을 해두었을 것이다.

하지만 아쉬움과 답답함을 참을 수 없기에 원광은 이따금 자신이 생각하는 가장 완벽한 원형을 그려보았다.

그건 너무나도 아름다웠다.

하기에 어느 순간부터 원광은 바라고 또 바라게 되었다.

그러한 원형이 태어나 주기를.

그리고 내 손에 떨어지기를.

하지만 그런 게 있을 리는 없었다.

완벽함이란 존재하지 않음을 원광은 자신이 보내온 세월을 통해 뼈저리게 깨달았기 때문이다.

그렇기에 포기했다.

닿을 수 없는 꿈보다는 만들어낼 수 있는 현실에 더 집중하고자 했다.

그런데 오늘 알게 되었다.

완벽한 원형이 있음을.

바로 남장후였다.

남장후를 보는 순간 원광은 미칠 것같이 기뻤다.

그가 그렸던 이상의 원형보다 뛰어났기 때문이었다.

저것이라면 충분했다.

저것을 원형으로 한다면 그가 그리기만 하다고 포기했던 제식병기의 완성할 수 있을 것 같았다.

그러니 꼭 얻어야 한다!

무슨 수를 써서라도!

그렇기에 완성된 채 약속의 날만을 기다리고 천비제식병기, 집마이형을 모조리 개방한 것이었다.

열세 개의 집마이형이라면 저 흉악한 무리를 모조리 제거하고 이상의 원형을 제압하여 그의 손에 안겨줄 테니까.

그 과정 중에 집마이형 중 몇 개 정도는 부서질 수도 있겠지.

그렇다면 윗선의 문책은 혹독하리라.

목숨을 내놓으라 할지도 몰랐다.

하지만 상관없었다.

저 이상의 원형을 얻는다면, 그것을 통해 무엇을 만들어낼 수 있을 지만 설득한다면, 윗선은 오히려 만족할 테니까.

집마이형이 모조리 부서진다고 하여도 윗선은 충분히 납득하여주리…….

"응?"

저게 뭐지?

원광의 눈이 찢어질 듯이 벌어졌다.

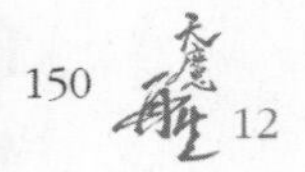

이상의 원형, 남장후가 사라지더니, 정면 쪽에 위치해있던 집마이형 앞에서 나타났다. 그의 왼손은 어느새 집마이형의 목을 붙잡고 있었다.

"저게 뭐야?"

집마이형은 강하다.

윗선의 최강자이자, 천금종인 사상 최강의 고수라는 천금대종(天金大宗)조차도 집마이형 두 개라면 목숨을 지킬 자신이 없다며 혀를 내둘렀을 정도였다.

물론 그 말을 전부 믿을 수는 없었다.

본래 무림인이라는 작자들은 지닌 실력의 삼푼 정도는 감추는 것이 본능이자 예의라고 하니까.

하지만 집마이형 중 한 개체라도 세상에 내놓는다면, 천하제일의 권좌를 차지할 만하다고 자부했다.

집마일형인 혈제가 이미 증명해주지 않았던가.

그런데 저리 쉽게 목을 잡히다니.

원광은 크게 벌어졌던 눈을 다시 다물었다. 그리고 미소를 지었다.

"아아, 아직 의식이 활성화되지 않았나보군."

갑작스럽게 개방을 한 탓에, 의식의 형성이 더딘 모양이었다.

시간이 해결해줄 문제였다.

길면 반각 정도나 될까?

그 시간동안 집마이형은 본래의 능력을 다 구사할 수는 없겠지만, 생명체로서의 본능은 있기에 능력의 칠할 정도는 사용할 수 있었다.

그 정도면 충분히 버틸 수 있을 것…….

콰지직.

콰지지지지지지지직!

원광의 눈이 다시 찢어질 듯 벌어졌다.

남장후의 손에 붙잡힌 집마이형의 목이 부서지고 있었기 때문이었다. 집마이형은 남장후의 손아귀에서 벗어나기 위해 두 손과 두 발을 마구 휘둘렀다.

집마이형의 두 손과 두 팔이 남장후를 가격할 때마다 굉음이 울린다.

쾅쾅쾅쾅쾅쾅쾅쾅!

마치 화포가 연이어 터지는 듯하다.

집마이형의 손과 발에 실린 힘이 그만큼 엄청나다는 증거였다.

하지만 남장후는 피하거나 막지 않았다.

맨몸으로 버티며 자신이 잡고 있는 집마이형을 노려보고만 있을 뿐이었다.

남장후가 입이 벌어졌다.

"미리 나누자."

무슨 뜻일까?

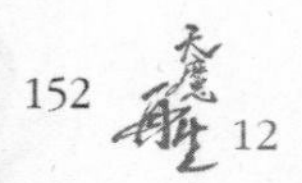

사대마령과 철리패, 신검, 그리고 위수한은 바로 알아들을 수 있었다.

"내가 일곱 놈을 차지하겠다."

그러자 위수한이 크게 외쳤다.

"너무 하신 거 아닙니까! 욕심도 적당히 부리셔야지요!"

괴겁마령이 이어 외쳤다.

"형님! 과하십니다! 아무리 형님이라 하셔도 그럴 수는 없습니다!"

철리패도 외쳤다.

"네 놈! 거기까지만 하시지요! 그 이상은 못 드립니다!"

신검이 말했다.

"뭐, 서로 좀 양보해서, 딱 두 놈만 뺍시다. 다섯 녀석까지만 하시오."

남장후가 마음에 안 든다는 듯 미간을 좁혔다. 그러며 짜증난 말투로 말했다.

"열 놈으로 하려다 줄인 거다. 너희 넷이 한 놈씩 맡고, 남은 두 녀석 중 한 놈은 남은 녀석들이 한 놈, 그리고 남은 한 놈은 가장 먼저 끝내는 녀석이……."

위수한이 다 듣지 않고 외쳤다.

"제가 두 놈! 결코 물릴 수 없습니다!"

괴겁마령이 외쳤다.

"전 세 놈입니다! 형님! 아시지 않습니까! 형님께서는 예전에 혈제를 직접 죽이셨지 않습니까! 그러니 이번은 이 동생께 양보 좀 해주십시오!"

철리패도 외쳤다.

"저도 세 놈이오! 그 이하는 양보 못하오."

신검이 낮게 목소리를 깔아 말했다.

"난 네 놈만 주시오. 아니, 세 놈 반으로 합시다. 그 정도는 양보해 드리겠소."

남장후는 한숨을 길게 내쉬었다. 그리고 어쩔 수 없다는 듯 말했다.

"좋아. 다섯 놈. 거기까지야. 나머지는 너희가 알아서 나눠라. 더는 양보치 않아."

위수한과 괴겁마령, 철리패와 신검은 만족했는지 입을 굳게 다물었다.

그때 남장후가 속삭이듯 말했다.

"다만, 한 가지."

콰지지지지직!

남장후의 전신에서 뿜어져 나온 오른 주먹을 휘감았다.

위이이이이잉!

파천육비절예 중 하나인 파천유성비였다.

남장후가 오른 주먹을 거칠게 뻗었다.

남장후의 주먹에서 푸른빛의 유성이 튀어 나온다.

콰아아아아앙!

남장후의 왼팔에 목이 붙잡혀 있던 집마이형이 먼지가 되어 사라져 갔다.

푸른빛의 유성은 계속 뻗어나가 벽을 뚫고 동굴을 만들어 내며 멀어져 갔다.

단숨에 집마이형을 없애버리다니!

엄청난 위력이었다.

그의 분노가 어떠한지를 알려주는 듯했다.

정적이 감돈다.

남장후가 두 팔을 내리고, 자신 앞에 깔린 먼지를 가만히 바라보며 빙긋 웃었다.

그리고 속삭이듯 말했다.

"이 녀석은 빼고, 다섯 명."

위수한과 괴겁마령, 철리패, 그리고 신검의 얼굴이 일그러졌다.

그렇다면 처음 얘기했던 일곱에서 딱 한 놈만 양보한 거나 다름없었다.

수라천마 장후는 언제나 이랬다.

챙길 건 무슨 일이 있어도 챙겼지.

하지만 항의할 시간은 없었다.

위수한과 괴겁마령, 철리패와 신검은 빠르게 몸을 달렸다.

그리고 각자 가까이에 위치한 집마이형에게 달려들었다.

마치 먹잇감을 노리는 맹수만 같았다.

그들의 심정이 딱 그랬다.

한 놈이라도 더 차지하여야만 했으니까.

두 번 다시 찾아올 수 없는 잔치이니까.

그러니 다른 사람보다 조금이나마 더 즐겨야만 하니까.

NEO ORIENTAL FANTASY STORY

第百十五章.

예전과는 다르지

第百十五章.

예전과는 다르지

천비제식병기 집마이형.

천비육호를 기반으로 만들어낸 양산병기.

집마이형은 혈제가 아니다.

집마일형인 혈제처럼 천비육호를 기초로 제작되었다는 공통점만 있을 뿐이었다.

하지만 남장후들은 그러한 사정은 알지 못했다.

알고 싶지도 않았다.

그들에게 집마이형은 그저 혈제일 뿐이었다.

과거의 악몽이었으며, 현재의 미련이었던 그 악귀가 다시 눈앞에 나타난 것 뿐이었다.

그때는 혈제가 두려웠다.

이름만 들어도 몸이 떨려 왔다.

하지만 이제는 기쁠 뿐이다.

이제는 반대로 너무나 기뻐서 몸이 떨려온다.

그때는 몰랐다.

두려움이란 상대가 나를 지배할 수 있는 권리를 내어주는 행위라는 것을.

하지만 이제는 안다.

두려움을 안긴다는 건 가장 빠르고 쉽게 상대를 지배할 수 있는 방법이라는 것을.

이제 그들은 두려움을 느끼는 사람이 아니기 때문이다.

오직 두려움을 강요하는 이들이기 때문이다.

그들이 절대자가 되었기 때문이었다.

당시와는 달라졌기 때문이었다.

과거 사대마령과 철리패, 신검은 혈제가 수라천마 장후의 손에 죽어가는 모습을 지켜봤어야만 했다.

그건 더 없는 기쁨이었지만, 견딜 수 없는 고통이기도 했다.

모두가 집마맹을 증오했고, 혈제를 자신의 손으로 죽이고 싶어 했었다. 하지만 그럴 수 있는 자격과 능력은 수라천마 장후만이 가질 수 있었기 때문이었다.

이제는 달랐다.

모두가 그만한 능력이 있었다.

모두가 그만한 자격이 있었다.

그렇기에 이 기쁨을 누구보다 먼저 만끽하고자 했다.

하지만 가장 먼저 혈제에게 달려든 건, 그들이 아니라 한 배분 아래인 위수한이었다.

그들로써는 짜증이 나는 일이었다.

하지만 그들 중 누가 위수한에게 네게 그만한 자격이 없다고 따진다면, 위수한은 이리 말할 것이다.

선배들은 혈제가 죽는 모습을 지척에서 구경이라도 하셨지 않소!

난 구경조차 할 수 없었단 말이오!

라고…….

†

위수한은 새하얀 날개를 나부끼며 자신의 앞에 있는 혈제를 향해 날았다.

'이런 날이 올 줄이야.'

만감이 교차했다.

사대마령은 모른다.

신검은 알지 못한다.

철리패는 결코 알 리가 없다.

위수한 자신이야말로 그 누구보다 이 순간을 간절히 바랐었음을.

그들은 비웃겠지.

그들은 가당치 않다고 말하겠지.

너에게 집마맹에게 죽은 아비와 자식이 있느냐고 묻겠지.

너에게 집마맹에게 몰락한 가문과 사문이 있냐고 따지겠지.

그러니 너에게는 혈제를 죽일 능력이 있을지는 모르나, 그래도 될 자격은 없다고 하겠지.

하지만 위수한은 반대로 이렇게 되물을 것이다.

선배들이 아시오, 집마맹의 시대에 태어난다는 게 어떠한 것인지를?

선배들이 알기나 하오, 가족과 사문을 빼앗기는 게 아니라 이미 빼앗긴 채 태어난다는 게 어떠한 것인지를?

선배들이 알기나 하느냔 말이오, 집마맹에 대한 원망이나 복수심조차 알지 못한 채 태어나서 그저 복종하고 살아가는 것이 당연한 도리이며 진리라고 알았던 삶이 어떠한 것인지를?

모른다.

모를 수밖에 없다.

그건 겪어본 사람만이 알 수 있는 것일 테니까.

위수한은 노예였다.

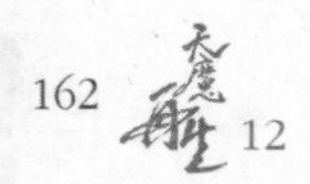

집마맹의 시대에 태어난 모두가 그랬다.

집마맹의 마인들이 나타나 죽인다며 칼을 내밀면 웃으며 목을 내밀어야 했다. 그도 부족하여 죽을 때 어떤 비명을 질러야 이 사람이 기뻐할까를 고민해야 했다.

집마맹의 마인들이 빼앗겠다고 손을 내밀면, 가진 것을 모두 털어 손바닥 위에 올려 내놓아야 했다. 부족하다며 눈살을 찌푸리면, 다른 사람을 품을 뒤져서 더했다.

집마맹의 마인들이 색욕에 사무쳐 여인을 겁탈하고자 하면, 나서서 예쁘다는 여인이 산다는 곳을 안내해 주었다.

집마맹을 욕하는 소리가 어딘가에서 들려오면, 냉큼 달려가 고자질했다. 그 어딘가에서 욕설 대신 비명이 튀어나오는 걸 들으면 자부심을 느꼈다.

그러며 행복해했다.

집마맹의 마인들이 즐거워하는 모습을 보면, 그것만으로도 좋았다.

그게 바로 행복인 줄 알았다.

후일 수라천마, 아니 흑검독랑 장후를 만나기 전까지는 그랬다.

깨닫게 되었다.

그런 건 행복이 아님을.

그런 건 행복일 수가 없다는 것을.

얼마나 후회했던가.

살아오는 동안 얼마나 사죄했던가.

몰랐다고 변명하기도 했었다.

나 역시 피해자이니 억울하다고 외쳐댔었다.

하지만 부족했다.

고작 사죄와 변명으로 지난 과오를 보상할 수는 없었다.

그러니 협자가 되어야만 했다.

어울리지 않아도 정의롭고, 올곧아야 했다.

불의를 보면 피하려 돌아서고 싶은 마음을 이겨내야만 했다.

겁이나 벌벌 떨면서도 집마맹의 마인들을 향해 달려들어야만 했다.

그것이 바로 여우같이 영악한 꼬맹이 위수한이 협의 왕이 되어야만 했던 이유이자 목적이었다.

그리고 시간이 흘러갔다.

어느 날, 위수한은 집마맹이 무너졌다는 소식을 들었다.

결국 수라천마 장후의 맹공을 버티지 못하고 궤멸되고 말았단다.

놀랍지는 않았다.

그즈음 이미 모두가 예상하고 있던 결말이었기 때문이었다.

다만 위수한은 그저 소식으로 밖에 들을 수 없는 자신의 처지를 원망했었다.

속되게 말해 급이 안 되어서, 집마맹의 총단이 무너지는 광경을, 혈제가 수라천마의 손에 죽는 모습을 지켜볼 수조차 없었던 자신이 너무나 싫었다.

이제는 다르다.

철리패?

신검?

괴겁마령?

그 사이에 협왕 위수한이라는 이름을 넣는다고 해도 조금도 어색하지가 않다.

살아온 세월과 노력의 나날이 그럴 수 있는 능력과 지위를 얻었다.

하지만 지나간 시간까지 거스를 수는 없었는데, 오늘 아무리 누르고 닫아걸어도, 이따금 튀어나오는 그 울분을 보상할 수 있는 기회가 얻었다.

혈제를 죽일 수 있다니!

바로 나의 손으로!

위수한은 웃는 낯으로 크게 외쳤다.

"이건 축복……!"

퍼억!

혈제의 주먹에 얻어맞은 위수한이 그대로 튕겨나갔다.

콰아아앙!

위수한이 벽을 뚫고 사라진다.

하지만 별다른 부상은 입지 않았는지, 위수한은 바로 튀어 나왔다.

철리패와 신검, 괴겁마령이 살짝 고개를 돌려 위수한을 보더니, 코웃음과 함께 고개를 절레절레 내저었다.

위수한은 민망한지 입을 쩝쩝 다셨다.

"발이 미끄러졌습니다."

철리패가 피식 웃었다.

"날던 녀석이 발이 미끄러져?"

위수한이 버럭 외쳤다.

"그래요, 실수 좀 했습니다!"

신검이 특유의 높낮이가 없는 목소리로 말했다.

"혈제가 우습나? 그리 당당하게 실수나 할 만큼?"

괴겁마령이 빙긋 웃으며 말을 받았다.

"죽고 싶은가 보오. 놔두시구려. 저 녀석도 살만큼은 살았지 않소."

위수한이 뭐라고 대꾸하려다가 입을 다물었다.

그랬다.

너무 흥분하고 말았다.

감정에 치우쳐 상대를 보려하지 않았다.

상대는 혈제.

수라천마 장후 이전까지 천하제일인이라고 불렸던 존재이다.

조금 전 열 세 명의 혈제 중 하나가 수라천마 장후의 손에 먼지가 되어 사라졌지만, 그렇다고 해서 혈제의 실력을 폄하해서는 안 되었다.

수라천마 장후이기에 가능한 신위였을 뿐이다.

위수한의 등에 매달린 두 날개가 휘돌아 전신을 휘감았다.

그로써 위수한은 마치 새하얀 갑옷을 입은 것만 같은 모습이 되었다.

비천천기 중 근접전투를 위한 형태인 강림익신(降臨翼神)이었다.

사람의 세계에 날개의 신이 내려오도다!

강림익신의 형태가 된 위수한은 자신이 선택한 혈제를 향해 걸음을 옮겼다.

한 걸음을 옮길 때마다 새하얀 그림자가 아지랑이처럼 남는다.

위수한이 혈제의 앞에 이르렀을 때는 스무 개의 새하얀 그림자가 뒤에 남아 있었다.

혈제는 그런 위수한을 가만히 지켜보고만 있었다.

넋이 빠진 듯하다.

눈을 뜨고 잠들어 있는 것 같기도 했다.

하지만 위수한은 혈제의 두 눈 저 깊숙이에 숨겨진 가늘고 얇으며 흐릿한 감정을 읽을 수 있었다.

긴장감이다.

위수한이 간격에 이르는 순간, 흐릿하던 혈제의 두 눈에 날카로운 빛이 어렸다.

동시에 붉은 빛살이 되어 위수한을 향해 뻗어 나갔다.

하지만 위수한은 슬쩍 휘돌려 붉은 빛살이 된 혈제를 스치듯 피하며, 그저 앞으로 걸어 나갔다.

혈제는 빠르게 멈추더니 몸을 돌려 위수한의 등을 가격하려 했다.

그러자 위수한은 몸을 틀어 걸음을 옮겨 피했다.

혈제는 바로 몸을 휘돌려 위수한을 노렸지만, 역시나 마찬가지로 위수한은 아슬아슬하게 피했다.

위수한은 계속 피하기만 할 뿐, 싸우려 하지는 않았다.

왜 일까?

어느 순간 위수한이 걸음을 멈췄다.

"자, 이제 준비는 마친 듯하니. 제대로 시작해 볼까?"

그러며 혈제를 향해 몸을 돌렸다.

혈제는 뭔가 이상함을 느꼈는지, 다가오지 않고 그저 자세를 낮추었다.

위수한의 전신을 감쌌던 백색의 갑옷은 사라지고 없었다.

대신 그들의 주변에는 눈을 뭉쳐 만들어 놓은 것만 같은 새하얀 잔영이 가득 했다.

위수한이 지나온 자리에 흔적처럼 남겨놓았던 잔영이었다.

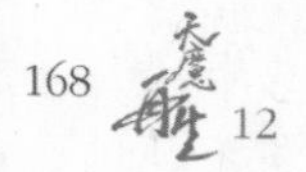

그 수가 백여 개는 될 듯했다.

대체 이것들은 뭘까?

혈제가 가장 근처에 위치한 새하얀 잔영을 향해 주먹을 휘둘렀다.

그의 주먹이 가볍게 새하얀 잔영을 가슴부위를 뚫고 반대편으로 튀어 나왔다.

하지만 새하얀 잔영은 흩어지지 않고 그 자리에 남아있었다.

혈제가 손을 휘저어도 새하얀 잔영은 여전히 그대로였다.

그림자만 같다.

지금까지 위수한이 혈제의 공격을 그저 피하기만 하며 이리저리 돌아다닌 것은 바로 저 새하얀 잔영을 주변에 남겨놓기 위함일 듯하다.

그렇다면 저 잔영들은 대체 뭘까?

위수한이 빙긋 웃으며 혈제를 향해 말했다.

"만천익신(滿天翼神)이라는 거다. 비천신기에서 나왔지만, 내가 이루어낸 나만의 절기이지. 하지만 머릿속에 그리기만 했을 뿐, 단 한 번도 구사해본 적은 없어. 실패할지도 몰라. 솔직히 자신 없다. 하지만, 이런 상황에서는 이런 게 나와 줘야 하는 거잖니."

혈제는 알 수가 없다는 듯 고개를 갸웃했다.

하지만 바로 자세를 고치고 위수한을 향해 달려들 준비

를 했다.

위이이이잉.

혈제의 몸이 붉게 물든다.

곧 혈제는 새빨간 홍옥으로 만든 것 같은 형태로 변했다.

혈제의 독문무공이었다는, 혈옥제마황력(血玉帝魔神皇力)이었다.

한때라지만 고금제일마공이라고 불렸던 무공이기도 했다.

위수한은 새빨간 홍옥이 되어버린 혈제를 보며 송곳니를 드러냈다.

"그래. 그걸 보고 싶었어. 듣기만 했지 단 한 번도 본 적이 없었거든. 내 꿈 중 하나였어. 그걸 부수는 게 말이야."

위수한의 눈매가 가늘게 좁혀진다.

"그저 꿈으로만 끝나지 않아서 다행이야."

혈제가 위수한을 향해 날았다.

동시에 위수한이 뒤로 몸을 날렸다.

도망치려는 걸까?

바로 뒤편에 있던 새하얀 잔영에 위수한의 몸이 겹쳐진다.

동시에 위수한은 한줄기 빛살이 되었다.

콰아아아앙!

혈제가 휘청하며 상체를 뒤로 꺾었다.

그의 왼쪽 어깨가 반원으로 잘려 있었다.

마치 칼로 반듯하게 도려낸 듯만 했다.

혈제는 고통어린 얼굴로 뒤로 돌아섰다.

그곳에 한 줄기 빛살로 화했던 위수한이 공중에 떠 있었다.

위수한이 빙긋 웃었다.

"잘 했어. 계속 잘 피해봐."

그렇게 말한 후 위수한은 그대로 내려가 바로 아래 있는 새하얀 잔영에 내려앉았다.

그리고 다시 한줄기 빛살이 되었다.

콰앙!

혈제가 무릎을 꿇었다.

그의 오른쪽 옆구리가 움푹 파여 있었다.

혈제의 뒤쪽, 위수한의 목소리가 울린다.

"자, 이제부터가 진짜야. 못 피하면 한 번에 훅 갈 수 있으니까, 긴장해. 명색이 혈제인데 이렇게 당하다만 갈 수는 없잖아?"

혈제의 표정이 굳었다.

상처 난 왼쪽 어깨와 오른쪽 옆구리가 빠르게 아물어 들더니, 본래의 형태로 돌아갔다.

위수한이 말했다.

"그래, 그래야 혈제이지. 자, 간다."

위수한이 바로 옆에 있는 새하얀 잔영 속에 몸을 던졌다.

잔영과 몸이 겹치는 순간 바로 한줄기 빛살이 되어 혈제를 향해 뻗어나갔다.

번쩍!

혈제가 휘청하며 무릎을 꿇었다. 그의 왼쪽 허벅지에 주먹만 한 구멍이 뚫려 있었다.

혈제의 뒤에 나타난 위수한이 잔영을 향해 몸을 날렸다.

번쩍!

막 일어나려던 혈제의 팔목에 구멍이 뚫렸다.

위수한은 바로 잔영에 몸을 겹쳤다.

번쩍, 번쩍, 번쩍, 번쩍.

수십 개의 새하얀 빛살이 종횡하며 혈제를 꿇고 지나갔다.

혈제는 쓰러질 수도 없이 잉어처럼 퍼덕거려야만 했다.

빛살이 지나칠 때마다 그의 몸은 구멍이 뚫렸고, 이내 그의 몸은 제 형체를 알아볼 수 없을 정도로 변해갔다.

팔과 다리, 몸통과 머리, 혈제라고 불리는 형체가 둥글게 뚫리며 사라져 갔다.

결국 잠시 만에 혈제는 한줌의 덩어리만이 남았다.

빛살로 종횡하던 위수한이 그제야 모습을 드러내더니, 오른손을 뻗어 덩어리를 움켜쥔다.

위수한은 자신의 오른 손을 내려 보며 사나운 미소를 그렸다.

"예전과는 다르지? 시대를 잘 못 만난 탓이야. 우리의

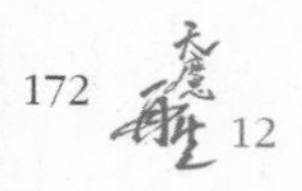

무림은 너 정도가 어찌할 수 있을 수준이 아니거든."

위수한은 오른 손에 힘을 주어 아귀를 좁혔고, 그의 손아귀 사이로 안개처럼 뿌연 연기가 피어올랐다.

잠시 후, 위수한이 손가락을 벌렸을 때엔 그의 손아귀 안에는 아무것도 남아있지 않았다.

위수한은 환하게 웃으며, 이 기분을 즐기고자 했다.

하지만, 바로 표정을 굳혔다.

이럴 시간이 없었다.

단 한 놈이라도 더 차지해야 하니까.

위수한은 급히 고개를 돌려 새로운 먹이, 아니 다른 혈제를 찾았다.

"이런."

위수한이 미간을 좁혔다. 그러며 힘없는 한숨과 함께 속삭였다.

"우리의 무림은 진짜 너무하네."

속되게 말해, 급이 다르다.

아무래도 그렇지.

이건 달라도 너무 달랐다.

"시대를 잘못 만난 건 혈제가 아니라 나인지도 모르겠어."

위수한은 그렇게 투덜거렸다.

†

혈제를 향해 다가가는 신검의 눈동자는 몽롱했다.

점점 가까워지는 혈제를 바라보고 있는 것 같지 않았다.

저 먼 곳, 눈이 아닌 마음으로만 볼 수 있는 과거의 단상이 그의 시야 안을 가득 채우고 있기 때문이었다.

그건 한 소년의 모습이었다.

소년은 홀로 서 있다.

이제 열 살 쯤 된 듯하다.

귀여운 외모의 소년이었다.

귀티가 흐른다고 할까?

좋은 집안에서 태어나 자랐다는 느낌이다.

하지만 눈빛만은 흐릿했다.

이제 막 잠에서 깨어난 듯이 멍하기만 하다.

소년의 입이 벌어진다.

"또……?"

소년이 바라보는 곳, 불길이 마구 치솟고 있다.

시야에 닿는 모든 것이 불타오르고 있었다.

불길이 뿜어내는 검은 연기 속에서 비명과 고함이 튀어온다.

소년은 그 목소리의 주인들은 알고 있었다.

가족이니까.

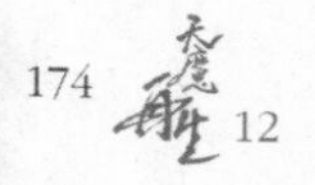

친척이니까.

모를 수가 없었다.

그들이 죽어가고 있는 것이었다.

하지만 소년은 슬퍼하지 않았다.

분노하지도 않았다.

절망하지도 않았다.

그저 포기했을 뿐이었다.

소년이 살아온 십 년이라는 시간동안 이와 같은 경험은 몇 차례나 있었다.

어디에 숨더라도 집마맹의 마인들은 어떻게든 찾아와 이렇게 잿더미로 만들어 버렸다.

그럴 때마다 가족과 친척은 무기력하게 죽어갔고, 그들의 목숨을 대가로 도주하여 살아남은 이들은 다시 새로운 터전을 만들어야만 했다.

그리고 두려움에 떨며 기다렸다.

언젠가 닥쳐올 집마맹의 마인들을…….

'지긋지긋해.'

싫다.

이제는 모두 다 싫다.

소년은 고작 열 살이라는 나이에 포기를 알아버렸다.

어차피 죽을 거다.

그럴 거면, 오늘 죽는 게 낫지 않을까?

사는 건 이처럼 힘겹기만 하고 미래는 어차피 예정해져 있는데, 열한 살이 되어 무엇하고 열두 살이 되어 뭐할까.

소년은 끌리듯 불길을 향해 걸어갔다.

저 불길은 무섭기보다 따뜻할 것만 같아서였다.

그때였다.

소년은 휘청하며 뒤로 쓰러졌다. 그의 앞, 한 사내가 서 있었다.

'누구였을까?'

그저 흐릿한 윤곽으로만 보일 뿐이다.

오직 우렁찬 목소리만이 기억에 남아 있을 뿐이다.

"도련님! 피하셔야 합니다!"

소년은 물었다.

"왜?"

"도련님, 이럴 시간이 없습니다. 이곳은 저희가 막을 터이니, 천중대주와 함께 떠나십시오."

"아닙니다. 전 떠나지 않겠습니다."

"도련님?"

"전 이곳이 좋습니다. 어디로 가든 어차피 불타 사라질 터, 차라리 지금 이곳에서 죽으려 합니다."

"도련님! 그게 무슨 말씀이십니까!"

"살아도 사는 게 아니지 않습니까? 그렇다면 굳이 더 살아 무엇 하겠습니까?"

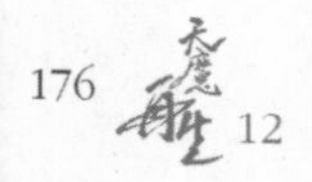

"도련님!"

"전 그만 하겠습니다, 이제."

그 순간 희뿌연 안개로만 보이는 사내가 손을 뻗어 소년의 멱살을 잡고 들어올렸다.

"잘 들어, 꼬맹아."

소년은 침을 꿀꺽 삼켰다.

꼬맹이라니.

멱살을 잡다니.

난생 처음 듣는 말이고, 처음 받는 대우였다.

"미안하구나."

뭐지?

멱살을 잡기에 욕설을 하거나, 몇 대 때리기라도 할 줄 알았다.

"네게 행복하고 즐거운 것들만 보여주고 싶었단다. 고작 열 살 밖에 되지 않은 네게만은 본래 세상은 화목하고 아름다운 곳이라고 느끼게 하고 싶었단다. 비록, 그게 거짓일지라도, 그러고 싶었단다. 그런데 안 되는 구나."

뿌연 안개같은 사내가 멱살을 쥐고 흔든다.

"그러니 살게라도 하고 싶은 거다! 우리가 모두 죽더라도 너는 살아서 꼭 한 번은 봐야 하는 거야! 세상이 꼭 이렇지만은 않다는 걸 알아야 해!"

소년이 힘겹게 입을 벌려 물었다.

"왜 입니까? 왜 모두가 죽더라도 저만은 살아야 합니까? 내가 가문의 적자이기 때문입니까?"

뿌연 안개 같은 사내가 고개를 젓는다.

"아니."

그리고 입가에 부드러운 미소를 그린다.

"네가 고작 열 살이기 때문이야, 꼬맹아."

소년은 아무 말도 하지 못했다. 그저 입을 우물거릴 뿐이었다. 입을 열었다가는 뭔가 뜨거운 것이 울컥하고 튀어나올 것만 같았기 때문이었다.

그때였다.

콰아아아아아아앙!

뿌연 안개 같은 사내 등 뒤로 폭음과 함께 불기둥이 하늘에 닿을 듯이 솟구쳤다.

살이 익어버릴 듯만 같은 뜨거운 바람이 몰아친다.

사내는 힘껏 소년을 끌어 당겨 품안에 묻고 바닥으로 엎드렸다.

잠시 후 솟구치던 불기둥은 사라졌고, 바람은 가라앉았다.

그제야 소년은 숨이 막히도록 자신의 몸을 옥죄던 사내의 두 팔이 풀리는 것을 느꼈다.

동시에 소년은 냄새를 맡았다. 그건 고기가 익을 때 나는 냄새와 흡사했다.

이 치열한 싸움 중에 고기를 익혀 먹을 여유를 부릴 리는 없었다.

그럼 이건 무슨 냄새일까?

뻔하다.

이 냄새, 소년은 수없이 맡아왔으니까.

하지만 너무나 싫었다.

아니라고 믿고 싶었다.

소년이 두 팔에 힘을 주어 자신을 덮고 있는 사내를 잡고 흔들었다.

"이보십시오! 이봐요!"

"ㅇㅇㅇㅇㅇㅇㅇ."

고통어린 신음소리.

소년의 얼굴에 환해졌다.

다행이었다.

죽은 사람은 신음조차 흘릴 수 없으니까.

소년은 힘겹게 사내의 품속에서 빠져 나왔다.

소년의 시야에 들어오는 사내의 등은 처참했다.

눈을 뜨고 볼 수가 없었다.

하지만 눈을 피하지는 않았다. 감지도 않았다.

똑똑히 바라보아야만 했다.

저 등은 사내가 자신을 살리기 위해 저리 된 것이니까.

소년은 사내의 팔을 붙잡고, 자신의 어깨에 올렸다.

그러자 사내가 당장이라도 끊어질 듯이 가는 목소리로

속삭였다.

"도련님. 가십시오."

소년이 고개를 저었다.

"아닙니다. 같이 갑시다."

"도련님……."

"살겠습니다. 오래 살겠습니다. 쉰 살, 아니 백 살까지 살겠습니다. 그러니 같이 삽시다."

사내가 힘겹게 고개를 끄덕였다.

"네, 그러……."

푹.

사내의 몸이 파르르 떨린다.

소년은 깜짝 놀라 사내를 살펴보았다.

가슴, 심장 부위에서 뻗어 나온 팔이 하나 보인다.

심장에 손을 달려있는 사람은 있을 리 없었다.

소년의 고개가 뒤로 돌아간다.

표정 없는 청년의 얼굴이 보였다.

"대체 왜?"

사방에서 바람소리와 함께 고함이 쏟아진다.

"혈제!"

"혈제가 나타났다!"

"혈제가, 혈제가 왔다!"

소년의 입이 쩍 벌어졌다.

아무리 소년이 어리다고 하여도 혈제가 누구인지는 알고 있었다.

이 청년이 바로 혈제?

집마맹의 맹주?

청년, 혈제의 눈동자가 천천히 움직여 소년을 향했다.

소년은 그와 눈이 마주치는 순간 심장이 멎을 것만 같은 충격을 받았다.

이런 눈동자가 있을까?

몸이 절로 떨려온다.

소년은 자신도 모르게 눈을 내리 깔았다.

그래서는 안 되었다.

사내를 죽인 이유를 물어야만 했다.

당신을 저주한다고 외쳐야만 했다.

하지만 소년은 아무것도 할 수가 없었다.

아무 생각도 할 수가 없었다.

그저 공포를 이기지 못해 벌벌 떨기만 할 뿐이었다.

이게 죽음인가?

너무 무섭다.

싫다.

혈제의 발을 붙잡고 살려달라며 애걸하고 싶었다.

하지만 그조차도 할 수가 없었다.

사내의 심장에 꽂혀 있던 혈제의 팔이 빠져 나온다.

사내는 바로 쓰러졌다.

하지만 소년은 사내를 잊었다. 핏물에 젖은 혈제의 팔이 자신의 심장을 향하지 않을까 만을 걱정했다.

하지만 혈제는 소년에게서 눈을 떼고 그대로 지나쳐 나아갔다.

혈제는 그렇게 사라졌고, 혈제가 나아간 방향에서는 비명과 고함이 쏟아졌다.

소년은 바닥에 깔린 사내의 시체 앞에 주저앉아, 중얼거렸다.

"사, 살았어."

소년의 두 눈에 눈물이 흘러내렸다. 그리고 차갑게 식어가는 사내의 몸에 얼굴을 묻었다.

"미, 미안, 미안해요. 미안해요. 흑흑."

신검은 그런 소년을 가만히 바라만 보았다.

소년에게 마음속으로 말해본다.

일어나라.

소년은 어깨를 들썩일 뿐이었다.

신검은 다시 마음속으로 말했다.

일어나라. 너는 약속을 지켰다.

너는 백 살이 되도록 살았다.

소년이 힘없이 상체를 들어 올려 신검 쪽으로 고개를 돌렸다.

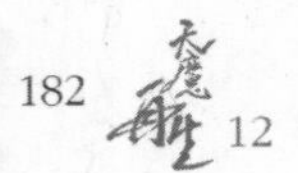

"정말?"

신검은 마음속으로 말했다.

검을 들어라.

그러자 소년은 옆에 떨어져 있는 검을 집어 들었다.

죽은 사내의 검이었다.

신검이 마음속으로 말했다.

그만 울고, 일어나라.

이제 너는 각오를 할 때이다.

소년이 힘겹게 일어났다. 그리고 몸을 돌려 혈제가 사라진 방향을 노려보았다.

신검이 마음속으로 말했다.

지금 너의 각오를 외쳐 보아라!

소년의 입이 쩍 벌어졌다.

"혈제! 기다려라! 약속한다! 언젠가 내 손으로 당신을 죽이고 말테다!"

신검이 마음속으로 말했다.

그래, 그거다.

하지만 넌 약속을 지키지 못했다.

소년이 획 몸을 돌렸다. 그리고 원망스럽다는 눈으로 신검을 노려보았다.

신검이 걸음을 옮겨 소년을 향해 나아갔다.

그리고 소년의 앞에 이르러 입을 열었다.

"하지후. 너는 너의 다짐을 지킬 수가 없었다. 하지만, 신검이 된 나는 그 약속을 지킬 것 같구나."

소년이 물끄러미 신검을 올려다보았다.

그러더니 빙긋 웃으며 말했다.

"알았어. 내 대신 지켜줘. 꼭."

신검이 고개를 끄덕였다.

그제야 신검에게만 보이던 소년은 사라지고, 혈제가 보인다.

신검은 혈제를 향해 천천히 검을 들어올렸다.

그가 쥔 검은 당시 소년이었던 하지후가 쥐었던 죽은 사내의 검은 아니었다.

하지만 당시 소년 하지후의 심정은 고스란히 담겨 있었다.

그날.

혈제를 처음 본 날.

너무나 두려워 살려달라는 말조차 할 수도 없었던 굴욕적인 날.

잊고 싶은 날이었다.

하지만 잊을 수가 없었다.

잊으려할수록 오히려 더욱 잦게 떠오를 뿐이었다.

그건 하지후에게, 그리고 신검에게 아련한 아픔이었다.

하지만 오늘 이후로는 아닐 듯했다.

그 아픈 기억을 깨끗하게 도려낼 수 있으리라.

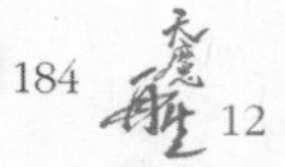

신검이 속삭였다.

"깔끔하게 잘라내자."

쉬익!

신검이 몸을 날렸다.

두 손으로 검을 움켜쥔다.

그리고 단숨에 혈제를 향해 검을 휘둘렀다.

신검답지 않게 너무나 단순한 공격이었다.

빠르지도 않았다.

이제 어느 정도 검이라는 게 뭔지 알만한 수준의 검객이 자신의 실력을 뽐내려는 듯해 보이는 동작이었다.

하지만 혈제는 피하지 않고 그저 가만히 자신의 정수리를 향해 날아오는 신검의 검을 바라만 보았다.

대항하려고 뭔가를 시도하지도 않았다.

어째서일까?

서걱.

신검의 검이 혈제의 정수리에 꽂혔다.

천천히 아래로 내려간다.

검이 혈제의 얼굴을 반으로 가르며지나가 목에 이르렀을 쯤, 갑자기 멈췄다.

동시에 신검이 입을 열었다.

"검신영역(劍神靈域). 이것이 하지후가 백년이라는 시간을 살며 이루어낸 정화이다."

스읏.

검이 다시 내려가 혈제의 가랑이 사이로 빠져 나왔다.

반으로 갈라진 혈제는 그대로 바닥에 쓰러졌다.

신검은 부르르 떨었다.

이 기분, 뭐라고 해야 할까?

잘 모르겠다.

신검은 검을 들고 일어나, 고개를 돌렸다.

그곳에 다른 혈제가 보였다.

"저 놈까지 죽이면 좀 알 수 있을까?"

그럴 것 같다.

신검은 자신의 짐작을 확인해보려 걸음을 옮겼다.

그때였다.

콰아아아앙!

굉음소리에 신검의 발이 잠시 멈춘다.

소리가 들려온 방향으로 고개를 돌리는 순간, 신검의 눈매가 좁아졌다.

"철가 놈답구나."

신검은 보폭을 넓혔다.

시간이 없었다.

조금만 더 지체했다가는 다른 녀석에게 혈제를 빼앗기고 말테니까.

NEO ORIENTAL FANTASY STORY

第百十六章.

남자는 주먹이지

第百十六章.

남자는 주먹이지

우둔한 녀석!

그렇게 불리었다.

쓸모없는 녀석!

그렇게 불리기도 했다.

멍청아!

그렇게도 불렀지.

지금이야 철리패라는 사람을 두고 그렇게 말할 사람은 없었다.

그때도 그렇게 다르지는 않았다.

우둔하고 쓸모없고 멍청했지만, 힘만은 세고 성격은 거칠어서, 누군가 그렇게 불렀다고 하면 가만 놓아두지 않았으니까.

하지만 오직 한 사람.

그 한 사람에게 만은 그럴 수가 없었다.

바보처럼 베실 웃으며 '네, 아가씨. 부르셨습니까?' 라고 대꾸했을 뿐이었다.

아가씨.

그 소녀는 어린 철리패를 싫어했었다.

마치 벌레처럼 더럽게 여겼고, 소처럼 구박했다.

그런데 왜 그랬을까?

이따금 묻고 싶었다.

아니, 물었다.

지금도 종종 묻고는 한다.

'아가씨, 대체 왜 그러셨습니까?'

하지만 물음은 갈 곳을 찾지 못해 이리저리 헤매다가 힘없이 되돌아올 뿐이다.

철리패는 혈제를 노려보며, 낮은 목소리로 속삭였다.

"너는 아느냐?"

알 리가 없다.

다만, 이 질문을 주먹에 담아 던져 볼 셈이었다.

아주 매섭고 세차게!

-그거야! 남자는 주먹이지!

순간 철리패의 눈이 커졌다.

기억 속에서만 잠들어 있던 가녀린 소녀의 목소리.

철리패의 눈매가 부드럽게 꺾였다.

'아가씨…….'

†

"헉, 헉, 헉, 헉!"

이러다 심장이 튀어나오는 건 아닐까?

정말 그럴 것 같았다.

심장이 튀어나오면 죽겠지?

그럴 거다.

'죽을 때 죽더라도, 아가씨를 안전한 곳에 모시고 죽어야 하는데…….'

청년은 슬며시 고개를 돌렸다.

바로 등 뒤 예쁘장한 소녀가 매달려 있었다.

소녀의 낯빛은 눈처럼 새하얬다.

'아픈 걸까?'

아니다.

소녀는 본래 이렇게 하얗고 가냘팠다. 살짝 건드리기만 해도 금이 가 부서져 버릴 것만 같았다.

청년이 들은 이야기대로라면, 소녀는 몇 년을 버틸 수 없다고 했다.

무슨 절맥을 타고 났다는데, 그 때문에 또래의 그 누구와도 비교할 수 없을 만큼 지혜롭지만, 수명이 다른 그 누구보다도 짧다고 했다.

좋은 집안에서 태어났기에 그나마 지금까지라도 살 수 있었다던가?

중요한 건 그런 게 아니었다.

소녀의 수명이 단 하루가 남았더라도 살려야만 했다.

청년은 그렇게 생각했다.

소녀가 외친다.

"멍청아! 그만 뛰라고!"

청년은 대꾸치 않았다. 오히려 보폭을 더욱 넓힐 뿐이었다.

소녀는 청년의 머리통을 마구 두들겼다.

"그만 뛰라니까! 이 멍청아! 어지럽다고! 토 나올 것 같단 말이야!"

청년은 들은 척도 하지 않았다.

소녀가 있는 힘껏 외쳤다.

"철리패!"

그제야 청년이 발을 멈췄다.

소녀가 부르는 청년을 부르는 이름은 우둔한 녀석, 혹은 쓸모없는 놈, 혹은 멍청이였다.

단 한 번도 이름인 철리패로 불러준 적이 없었다.

그렇기에 철리패는 소녀가 자신의 이름을 모르고 있을 것이라고 여겨왔다.

아니었나?

철리패가 고개를 돌려 등에 업고 있는 소녀를 바라보았다.

"아가씨?"

소녀가 말했다.

"내려놔, 멍청아."

철리패는 고개를 저었다.

"안돼요."

그러며 다시 발을 앞으로 뻗었다.

소녀가 외쳤다.

"이게 진짜! 누나 말 안 들을래?"

누나?

말이야 맞았다.

철리패는 청년의 외모를 하고는 있지만, 그의 나이는 고작 열다섯에 불과했다. 그러니 병약한 탓에 나이에 비해 어려보이는 소녀에 비해, 두 살이 어렸다.

그래도 누나라니?

이 또한 처음 들어보는 표현이었다.

"아가씨?"

"내려놔, 어서."

철리패는 그제야 소녀를 등에서 내려놓았다.

소녀는 두 발로 버티지 못하고, 그대로 주저앉았다.

엉덩이가 아픈지 눈살을 찌푸린다.

철리패는 깜짝 놀라 외치듯 물었다.

"아, 아가씨! 괜찮으십니까?"

소녀가 고개를 저었다.

"아니. 안 괜찮아. 너 때문에 귀가 터질 것 같아."

"아가씨. 이럴 시간이 없습니다. 어서 가셔야 해요."

소녀는 물었다.

"갈 곳은 있고?"

철리패는 입을 우물거렸다.

소녀가 그럴 줄 알았다는 듯 피식 웃었다.

"그치? 없지? 그런데 어딜 가려고?"

"어, 어디든 요."

"어디든, 이라. 좋네. 넌 그래도 되겠지만, 난 안 돼. 약이 얼마나 남았는데?"

약이라…….

철리패는 그제야 생각났다는 듯 품에 손을 넣었다.

소녀는 약 없이는 하루도 버틸 수가 없었다. 그렇기에 도망칠 때 약상자도 챙겨야 했었다.

하지만 오던 중 대부분을 흘리고 말았다.

손끝에 만져지는 게 얼마 되지 않는다.

철리패가 속삭이듯 말했다.

"남은 게 열 포정도 됩니다."

소녀의 얼굴이 어두워졌다.

"고작 보름이나 버티겠네."

"제가 돌아가서 챙겨 오겠……."

"멍청아. 죽으려면 그냥 혀를 깨물어. 뭘 굳이 집마맹의 마인들 손에 죽으려고 그래."

"하지만……."

소녀가 엄숙한 표정으로 말했다.

"잘 들어. 이제부터 너 혼자 가는 거야."

"네?"

"이제와 고백하는데, 난 너에게 꽤 많은 실험을 했어."

"실험이요?"

"그래, 실험. 넌 내가 널 꽤나 모질게 괴롭혔다고 여기겠지만, 그건 실험이었어. 알아? 우리 가문이 과거 권법의 명가였다는 거?"

철리패는 고개를 끄덕였다.

소녀가 물었다.

"왜 몰락했는지도 알아?"

"비전되던 권법이 절전되었다고……."

소녀는 고개를 저었다.

"아니야. 절전되지 않았어. 그저 완성한 사람이 없었을 뿐이야. 왜 일까?"

철리패는 고개를 저었다.

"모르겠습니다."

"똑똑해져서 그래. 똑똑해지면, 어려운 길보다는 쉽고 편한 길을 찾게 되거든. 그런데 우리 가문의 무공은 멍청하고 우둔하게 외길을 파야지만 성취할 수 있었어."

"그렇습니까?"

"그래. 네가 완성해줘."

"네?"

"너는 모르겠지만, 넌 이미 우리 가문의 비전무공을 모두 알고 있어."

철리패가 눈을 껌뻑였다.

"제가요?"

소녀는 고개를 끄덕였다.

"그래, 네가. 내가 가르쳐 주었거든. 네 몸에 새겼지."

철리패가 눈살을 찌푸렸다.

"제 몸에요? 저기, 언제 자문(刺文)을……."

소녀가 손을 뻗어 철리패의 머리를 두들겼다.

"멍청아! 그게 아니라……. 아니다. 하여간 넌 다 알고 있어. 지금은 모르겠지만 살아가다보면 알게 될 거야. 네가 숨을 쉬는 방법이 남들과 다르고, 네가 움직이는 방식이 남들과 다르다는 걸."

"그렇습니까?"

"그리고 언젠가 알게 될 거야. 네가 아예 다른 사람과 달라졌다는 걸. 한 팔구십 년 후쯤?"

팔구십 년 후?

고작 열다섯 살에 불과한 철리패로서는 상상조차 할 수 없는 길고 먼 시간이었다.

다만 지금 이 순간, 조금 더 멀리 도망치지 않으면 팔구십년이 아니라, 일각조차 살기 힘들다는 건 알고 있었다.

그렇기에 철리패는 다시 소녀를 안으려 두 팔을 뻗었다.

그러자 소녀가 차가운 얼굴로 말했다.

"멍청아, 내 말 못 들었어? 너 혼자 가라니까."

철리패의 손이 그대로 굳는다.

"아가씨."

소녀가 말했다.

"알지, 나 똑똑한 거? 나를 업고는 여기를 빠져 나갈 수가 없어."

"하지만……."

"어차피 난 오래 못 살아. 길면 반년? 짧으면 오늘일 거야. 알잖아, 나 똑똑한 거."

"하지만……."

"내 대신 살아. 내 말 듣고."

그러며 소녀는 손을 뻗어 철리패의 두 손을 잡았다.

천천히 오르려 준다.

"내가 생각날 때는 이렇게 주먹을 쥐어."

"아가씨……."

"그리고 힘껏 휘둘러. 그러면 돼. 넌 도망가는 게 아니야. 나아가는 거야. 계속 앞으로만 나아가야 해. 뒷걸음치면 안 돼. 주저앉아도 안 돼. 계속 앞으로만 나아가. 가로막는 건 무엇이라도 이 주먹으로 부숴버려."

소녀가 방긋 웃었다.

"그렇게 나아가다보면 언젠가 혈제조차도 부숴버릴 수 있을 거야. 그것도 단 한 주먹에."

두두두두두.

소녀의 뒤편에서 말발굽소리가 들렸다.

집마맹의 마인들이 분명했다.

소녀가 다급히 말했다.

"가!"

철리패는 그저 입만 우물거릴 뿐 움직이지 않았다.

소녀가 크게 외쳤다.

"가라고, 멍청아!"

철리패는 그제야 일어섰다.

소녀가 그런 철리패를 올려보며 빙긋 웃었다.

"알았지? 계속 나아가는 거야."

철리패는 무겁게 고개를 숙였다.

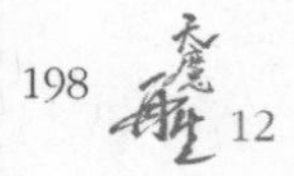

"자, 가봐."

철리패는 휙 돌아섰다. 그리고 힘껏 달려갔다.

한 번 돌아보지 않았다.

돌아보았다가는 소녀에게 혼이 날 것 같아서 였다.

그렇게 계속 앞으로만 나아갔다.

구십 년 동안…….

†

'아가씨는 왜 그랬을까?'

철리패는 지금도 그녀가 왜 그랬던 건지 궁금했다.

어렸던 철리패는 그리 뛰어난 인재가 아니었다.

천성적으로 기골이 장대하고 힘이 세기는 했지만, 그 정도의 재능은 발로 채일 만큼 많았다.

'그녀는 대체 내게서 무엇을 보았던 걸까?'

모르겠다.

다만 한 가지.

그녀가 보았던 것은 지금 이 광경일 것이다.

그녀가 틀리지 않았기를 바란다.

아니, 그녀가 틀리지 않도록 만들겠다.

철리패는 주먹이 부서질 정도로 꽉 쥐었다.

그날, 그녀가 가녀린 손으로 쥐어주었던 주먹은 두 개였다.

하지만, 흐르는 세월 속에 하나를 잃고 하나 밖에 남지 않았다.

하지만 서운하지는 않았다.

이 하나 뿐인 주먹만으로도 충분하다.

철리패는 혈제를 향해 성큼성큼 다가갔다.

그녀의 말이 떠오른다.

-그렇게 나아가다보면 언젠가 혈제조차도 부숴버릴 수 있을 거야. 그것도 단 한 주먹에!

혈제는 붉은 옥으로 이루어진 형태로 변해 있었다.

과거 혈제를 상징했던 절대마공, 혈옥제마황력이었다.

당시에는 감히 제대로 볼 수조차 없었다.

하지만 지금은 다르다.

'부순다!'

단 한 주먹에!

"으아아아아아압!"

철리패는 우렁찬 기합과 함께 주먹을 내질렀다.

그의 주먹은 빠르지 않았다.

하지만 하늘과 땅이 무너지는 듯한 위압과 경이를 품고 있었다.

그렇기 때문인지, 혈제는 피하지 않았다.

아니, 피할 수가 없었다.

그저 주먹을 마주 뻗어올 뿐이었다.

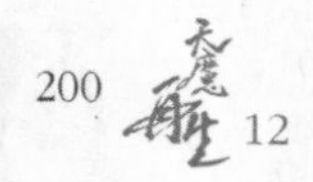

철리패의 주먹과 혈제의 주먹이 맞부딪친다.

콰아아아아아아아아아앙!

굉음과 함께 철리패의 주먹은 튕겨나갔고, 혈제의 주먹이 산산조각이 나며 터져 나갔다.

철리패는 튕겨 나온 팔을 다시 주먹 쥐어 앞으로 뻗었다.

그대로 뻗어나간 철리패의 주먹이 혈제의 가슴에 꽂힌다.

콰아아아아앙!

혈제가 산산조각이 나며, 사방으로 흩어졌다.

철리패는 주먹을 뻗은 자세 그대로 파르르 몸을 떨었다.

이 기분, 너무나 좋았다.

그의 머릿속에 소녀의 목소리가 울린다.

―멍청아! 한 주먹이라니까!

그 순간 철리패는 움찔했다.

'알겠습니다, 아가씨.'

그렇게 마음으로 속삭이며, 철리패는 주변을 둘러보았다.

천만다행이었다, 혈제가 하나가 아니라는 것이.

다음 놈은 단 한 방에…….

"흐음."

철리패는 무언가를 보고 눈살을 찌푸렸다.

그의 시선이 향한 곳, 검은 어둠이 짙게 깔려 있었다.

사악하고 더러운, 마치 점액질 같은 느낌을 주는 어둠이다.

괴겁마령이었다.

철리패가 그의 싸움을 잠시 지켜보다가 고개를 살짝 저으며 속삭였다.

"지저분하구만."

그리고 발길을 서둘렀다.

저 지저분한 녀석에게 혈제라는 먹이를 빼앗길 수는 없기에…….

†

죽이기 전에 죽여라.

정면에서 적의 심장을 노리기보다는 등 뒤에서 찌르는 편이 옳다.

목적을 달성하기 위해서라면 어떤 수단을 쓰더라도 상관없다.

살아남는 자만이 모든 걸 차지할 수 있다.

오륜마궁의 궁주가 되려면, 응당 그렇게 살아야만 한다.

'당신은 그러셨습니까?'

묻고 싶은 말이다.

하고 싶던 말도 마음속으로 속삭여 본다.

'그런데 당신은 왜 그러지 못하셨습니까?'

'당신은 왜 그렇게 약하셨습니까?'

'당신은 어째서 그렇게 허무하게 가신 겁니까?'

그 많은 질문 중 하나만을 골라 물을 수만 있다면, 괴겁마령은 이 질문을 할 것이다.

'할아버지. 당신께서는 어째서 그러한 죽음을 선택하신 겁니까?'

어차피 그 어떤 질문도 답을 찾지 못할 것은 안다.

그렇기에 괴겁마령은 잊으려 했다.

지우려 했다.

그리고 잊고 지운 줄 알았다.

오늘까지는 말이다.

이렇게 혈제를 마주하고 있으니, 살아오며 이따금 던졌던 질문이 한꺼번에 밀려들었다.

그러니 미칠 것 같았다.

'미쳐도 되잖아?'

괴겁마령은 혈제를 바라보며 히쭉거렸다.

그의 머리는 떠올리기만 하면 미쳐버릴 것만 같아서, 지우려고만 했던 그 날을 일부러 그려 보았다.

오늘은, 지금 이 순간은 그래도 되는 날이니까.

†

어리다하나, 소년은 모르지 않았다.

이대로 계속 가다가는 오륜마궁은 무너진다.

집마맹이라는 적은 들불만 같았다.

이 불은 분명 강호무림이라는 들판을 모조리 불태우고 나서야 멎을 것이다.

그러니, 지금은 몸을 움츠릴 때였다.

이미 정도무림과 사도무림은 피하기로 결정을 내린 상태였다.

오직 오륜마궁만이 정면으로 맞대응하고 있으니, 답답할 뿐이었다.

이 모두가 오륜마궁의 궁주인 할아버지의 결단 때문이었다.

대체 왜일까?

할아버지은 오륜마궁의 역대궁주 중에서 가장 강하다고 하지는 못하지만 가장 유연하다고 일컬어졌다.

정도무림과 사도무림과의 알력을 잘 이용하여 그 틈을 비집고 세력을 확장해왔으며, 각 세력 간의 구도를 통해 흐름을 읽고 먼저 선점함으로써 영역을 확대해나갔다.

그렇기에 오륜마궁은 역사상 가장 뛰어난 성세를 이룰 수 있었다.

하지만 모두가 집마맹이 등장하기 이전의 일이었다.

풀색과 녹색은 같은 색이라고 했던가?

집마맹은 마도를 추구하는 집단이기 때문인지, 마도의 종주인 오륜마궁을 노리고 들어왔다.

그렇기에 오륜마교는 집마맹과의 싸움은 피할 수가 없었고, 정도무림과 사도무림은 재미난 구경꺼리라며 지켜보기만 했다.

하지만 이제는 상황이 달랐다.

집마맹이 얼마나 무서운 집단인지를 모두가 안다.

그렇기에 피해야 했다.

숨어야 했다.

피하거나 숨지도 못한다면, 숙이고 들어가야만 했다.

개처럼 헥헥 거리며 집마맹의 발을 핥아야했다.

그들의 충실한 노예로써 시키는 일이라면 무엇이든 하면 되었다.

우선 그렇게라도 살아남는 거다.

그리고 언젠가 방심한 그들이 등을 보일 때, 그 순간을 놓치지만 않으면 된다.

푹, 찌르면 된다.

그렇지 않은가?

할아버지는 분명 그렇게 살아야 한다고 가르쳐왔다.

그런데 어째서 이러시는 걸까?

쾅!

"아니 됩니다! 궁주님! 이건 다 죽자는 겁니다!"

들려온 소리에 소년은 상념에서 벗어나 얇게 눈을 좁혔다.

오륜마궁의 내전주인 청명화였다.

그는 말수가 적은 사람이었고, 언제나 환한 웃음을 머금고 다니는 친절한 인물이었다.

그랬기에 소년이 아이라고 불렸을 무렵까지는 그를 꽤나 좋아했었다.

하지만 지금은 아니다.

소년이라 불리게 되며, 청명화의 웃음과 친절은 음흉한 악의를 양분으로 피어나는 꽃임을 알게 되었기 때문이었다.

음흉한 자.

세력 권력에 빌붙어 기생하는 벌레 같은 자.

그가 목소리를 높인다?

청명화가 감히 오륜마궁의 궁주가 소집한 회의석상에서, 오륜마궁의 궁주인 오륜마야가 결정을 내린 사항에 대하여 저리 단호하게 반대하는 입장을 보인다는 건 뻔했다.

'집마맹과 손을 잡았군.'

소년은 차가운 눈으로 주변을 쓸어보았다.

회의석상에 앉아있는 사람은 총 서른다섯.

이들이 오륜마궁을 이끌어가는 간부들이었다.

그런데 그들 중 삼분의 이가 청명화와 같은 표정을 하고 있었다.

이들은 고위간부답게 감정과 표정을 숨기는 데 능숙하다.

그럼에도 저리 뻣뻣하고 당당한 모습을 보인다는 건, 그래도 될만한 배경을 갖추었다는 것이다.

소년은 주먹을 꽉 쥐었다.

눈은 당장이라도 터질 듯이 핏발이 서고, 몸은 부들부들 떨린다.

'개자식들!'

모두가 침묵으로 말하는 듯했다.

오륜마궁은 끝났다, 라고.

그 말을 오직 오륜마야만은 듣지 못하는 걸까?

오륜마야는 빙긋 웃으며 말했다.

"자, 그런 줄 알게. 집마맹 따위에게 우리 대오륜마궁이 굴복할 수는 없지. 내일이 오면, 온 세상이 우리 오륜마궁의 위대함을 다시 깨닫게 될 것이네. 자, 이만 가보시게."

대꾸하는 사람은 아무도 없었다.

모두가 천천히 일어나 건성으로 오륜마야에게 인사를 건낸 후, 돌아서 나갔다.

소년은 그들의 뒷모습을 뚫어져라 노려보았다.

진짜 검을 뽑아들고 저 등을 뚫어버리고 싶었다.

하지만 지금은 아니었다.

조부이신 오륜마야께서도 이 모욕을 참고 있는데, 소년이 그럴 수는 없었다.

모두가 나가고 나서야, 소년은 고개를 돌려, 단상 위 보좌에 앉아있는 오륜마야를 바라보았다.

그 순간 오륜마야가 빙긋 웃었다.

"좆같지?"

그 순간, 딱딱하게 굳어 있던 괴겁마령의 표정이 풀어졌다.

오륜마야는 이런 속된 표현을 즐겨하는 사람이 아니었다.

강호상에 세 손가락 안에 드는 권력자답게 위엄이 넘치고, 근엄하며, 진중했다.

오직 손자인 소년과 함께 있을 때만 이렇게 속된 표현을 쓰고는 했다.

둘 만의 비밀이었다.

그래서 소년은 할아버지가 너무나 좋았다.

조부께서 자신의 자식이자, 소년의 아버지를 죽였다고 해도…….

소년은 표정을 고치어 물었다.

"어째서입니까? 궁주님. 지금은 낮추어야 할 때이지 않습니까?"

오륜마야는 고개를 끄덕였다.

"그렇지."

소년은 또 물었다.

"그렇다면, 패할 것이 확실한 최후의 일전을 준비함이 아니라, 집마맹에 복종을 맹서하며 후일을 준비해야 함이 아닙니까?"

오륜마야는 고개를 끄덕였다.

"그렇지."

소년이 넌지시 물었다.

"그렇다면 따로 복안이 있으십니까?"

오륜마야가 입매가 길게 늘어났다.

그 순간 소년의 두 눈이 반짝였다.

그럼 그렇지.

나도 알만한 사정을 조부님께서 모를 리 없지.

하지만 오륜마야는 고개를 저었다.

"아니. 좆도 없어."

소년의 표정이 굳었다.

"조부님?"

"방법이야 있지. 우선 당장 오륜마궁을 해체한 다음, 재산과 알짜배기만 걸러 데리고 지하로 숨는 거야. 그리고 버티면 돼. 한 이십 년 버티면, 지금은 남의 집일이라며 외면하고 있는 정파무림과 사파무림도 집마맹이 제대로 미친 새끼들이란 걸 알게 될게야. 그 후에야 우리에게 슬며시 손을 뻗어오겠지. 같이 연맹을 하자고 말이야. 그렇게 정사마가 구분 없이 하나로 되겠지. 하지만 바로 일어나면 안 돼. 또 한 십 년 버티는 거야. 분명 집마맹 내에서 분열이 일겠지. 그때를 기다리는 거야. 그리고 한 십년 너 죽네, 나 죽네, 네가 존나 크네, 내게 더 크네, 하고 투덕거리다보면, 우리가 이기겠지. 거기까지 최소한 오십년, 길면 백 년."

"긴 싸움이군요."

괴겁마령의 혼잣말에 오륜마야가 크게 고개를 끄덕였다.

"그래. 긴 싸움이지. 이 할애비는 그 세월을 못 버텨. 내 싸움이 아니라는 게야. 그건 네가 해야 할 싸움인 게지."

오륜마야가 천천히 자리에서 일어나며 말을 이었다.

"내 싸움은 여기까지야."

소년이 말했다.

"여기까지라 하심은 죽음을 말씀하시는 겁니까?"

오륜마야는 단상에서 걸어내려오며 고개를 끄덕였다.

"그래. 난 죽어야 한다. 내가 죽어야 세상이 알테지. 집마맹 녀석들이 얼마나 좆같은 새끼들이란 것을. 정도무림과 사도무림은 다음 목표가 자신이 될 것임을 알게 되겠지. 지금처럼 안일하게 지켜보지는 않을 게야. 숨거나 튀어나오겠지. 그러면 네 싸움이 한 십 년 쯤은 줄어들게야."

소년이 거칠게 외쳤다.

"그래서요! 그래서 우리 오륜마궁이 얻는 게 뭡니까! 조부님께서 얻는 게 또 무엇이고요!"

오륜마야가 빙긋 웃었다.

"너다. 네가 오십 년 후의 오륜마궁이 되는 거야. 네가 오십 년 후의 오륜마야가 되는 거다. 그렇다면 오늘의 싸움은 나의 패배이겠지만, 후세의 이들은 나의 승리이라 이야기 할 것이야."

그 사이 오륜마야는 소년의 앞에 이르렀고, 그의 머리를 가볍게 쓰다듬었다.

소년은 고개를 푹 숙였다. 그리고 애처로운 목소리로 속삭였다.

"전 고아가 되겠군요."

오륜마야가 피식 웃었다.

"수작 부리지 마라. 안 속는다."

소년은 아쉽다는 듯 혀를 짧게 찬 후, 고개를 들어올렸다.

"조부님께서는 제 손에 죽어야 한다고 하셨습니다. 그게 우리 오륜마궁의 역사라 하셨습니다. 거짓이었습니까?"

오륜마야는 크게 고개를 끄덕였다.

"맞다. 나의 아버지께서도 나의 손에 돌아가셨고, 너의 아비 역시 내 손에 죽었지. 오륜마궁을 이끄는 이는 강해야 한다. 스스로의 강함을 증명하여야만 하는 게다. 강하지 못한 자는 오를 수 없고, 강하지 못하면 버티지 못한다. 스스로 내려와서는 아니 된다. 끌어내릴 때까지 버티어야 하고, 오르기 위해서는 끌어내려야만 한다. 네 아비는 강하지 못하였기에 나의 손에 죽었고, 나는 강하였기에 네 아비를 죽였다. 단지 그것뿐이다. 하지만 말이다."

오륜마야가 손을 뻗어 소년을 안았다.

"난 네 손에 죽고 싶지가 않구나. 그래서 다행이다 싶구나."

소년은 입을 우물거렸다. 그리고 말하려 했다.

저도 제 손으로 조부님을 죽이고 싶지 않습니다, 라고…….

그때였다.

쾅쾅쾅쾅!

굉음이 울린다.

어디선가 다급한 외침이 터져 나왔다.

"집마맹이! 집마맹이 쳐들어왔다!"

오륜마야가 눈살을 찌푸렸다.

"녀석들. 내일이면 죽어준다는데, 그 사이를 못 참고.

쯧쯧쯧."

그러더니, 소년을 들고 돌아섰다.

그리고 단상의 옆쪽 벽면으로 다가가더니, 발길질을 했다.

콰앙!

벽면이 무너지고 그 안에 숨겨져 있던 계단이 모습을 드러냈다.

오륜마야는 그대로 걸어갔다.

계단을 내려오는 순간, 오륜마야의 걸음이 뚝 멎었다.

이십여 개의 그림자가 그의 앞을 가로막고 있었다.

그림자를 보는 순간 소년의 눈매가 사나워졌다.

"내전주, 당신이!"

그림자 중 하나가 빛이 들어오는 곳으로 나온다.

내전주인 청명화였다.

청명화는 소년을 물건처럼 차가운 눈으로 살피더니, 시선을 바로 오륜마야에게 옮겼다.

소년 따위는 눈에 둘 가치가 없다는 듯했다.

청명화가 말했다.

"궁주님, 어디로 가십니까?"

오륜마야는 빙긋 웃었다.

"주인을 바꾼 건 알겠는데, 너무 싸게 구는 구나. 오륜마궁의 간부답게 격 있게 좀 놀면 안 되겠느냐?"

청명화가 어깨를 으쓱했다.

"저희 입장도 생각해주십시오. 뭐라도 하나 들고 가야지 않겠습니까?"

오륜마야가 헛웃음을 뱉었다.

"그 뭐라도, 라는 게 내 목이라는 게야?"

"아닙니다. 저희와 같이 가시지요. 혈제께서는 관대하신 분이라, 궁주님을 높이 대우해주실 겁니다."

"아. 그 새끼는 관대하고, 나는 속 좁다? 뭐 그런 거냐?"

"그런 말이 아님을 아시지 않습니까?"

"모르겠다, 나는."

"가면서 알려드리지요. 저희랑 가십시다."

"안 가면?"

"궁주님. 대공자님 생각도 하셔야지요."

그러며 청명화는 오륜마야가 안고 있는 소년에게로 시선을 돌렸다.

소년이 발끈하여 뭐라고 외치려는데, 숨이 막혀 오히려 입을 다물었다.

눈앞이 하얗게 물들었다, 본래의 색을 찾았을 때는 청명화의 얼굴이 바로 코앞에 위치해 있었다.

"컥!"

청명화의 입이 쩍 벌어져 있다.

그의 목을 틀어쥐고 있는 주름가득한 손이 보였다.

그 손의 모양새는 소년에게는 익숙했다.

바로 오륜마야의 손이기에 그랬다.

오륜마야의 낮은 숨소리 사이로 서늘한 목소리가 울린다.

"네가 지난 달포동안 아침저녁 밥에 집어넣은 무형지독을 믿었던 모양인데, 그렇지 않아도 고맙다고 말해주고 싶었다. 덕분에 뱃살이 꽤 줄었으니까. 덕분에 이렇게 가벼워졌구나."

콰직!

청명화의 목이 꺾였다.

오륜마야는 가볍게 손을 털었고, 시체가 되어버린 청명화는 그대로 주저앉았다.

뒤에 있던 이십여 개의 그림자가 긴장하며 각자의 무기를 뽑아들었다.

오륜마야는 웃음을 그리며 그들을 향해 다가갔다.

그런데 다섯 걸음을 떼기 전, 뭔가를 느꼈는지 휙 몸을 돌렸다.

그 순간 소년은 볼 수 있었다.

새빨간 옥으로 이루어진 것만 같은 사내의 모습을!

오륜마야가 떨리는 목소리로 속삭였다.

"혈제? 직접 나선 건가?"

새빨간 옥으로 이루어진 듯한 사내, 혈제가 속삭이듯 말했다.

"그럴 수밖에 없지 않은가? 내가 아니면 오륜마야의 명줄을 누가 끊을까."

"그렇기야 하지."

오륜마야의 눈매가 날카로워졌다.

소년은 느낄 수 있었다.

그의 조부가 흥분하고 있다는 것을.

지금 이 순간을 고대하고 있었다는 것을.

하지만 빠르게 식는다.

그러더니 오륜마야는 휙 몸을 돌려 그림자를 가르며 달려 나갔다.

등 뒤에 혈제의 목소리가 울린다.

"당신답지 않은데? 용이라 들었는데 쥐였나?"

오륜마야의 입매가 비틀렸다.

하지만 오륜마야는 멈추지 않았다. 오히려 속도를 더욱 높였다.

왜 일까?

소년은 알고 있었다.

'나 때문이야.'

오륜마야는 적을 두고 돌아서는 사람이 아니다.

죽음을 두려워하는 사람이 아니다.

그럼에도 이런 치욕을 감수하는 건, 소년을 살리기 위함인 것이다.

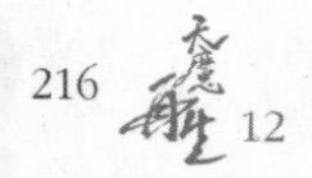

소년은 이를 악 물었다.

'오늘을 잊지 않겠다!'

그랬다.

이 순간의 다짐처럼 소년은 잊지 않았다.

아니, 잊지 못했다.

오륜마야가 소년을 안고 도착한 곳은, 자그마한 공동이었다.

그 곳에 대나무로 만든 갓으로 얼굴을 가린 사람이 서 있었다.

아마도 소년을 인계받아서 탈출하기로 약속된 사람인 듯했다.

오륜마야는 그제야 소년을 품에서 떼어냈다.

그러자 기다리고 있던 사람이 말했다.

"늦으셨습니다."

그 순간 소년의 눈이 커졌다.

목소리가 여리다.

아니나 다를까, 대나무 갓을 슬쩍 들어 올린 사내의 용모는 어렸다.

용모만으로는 소년보다 대여섯 살 정도 많은 듯했다.

'뭐지, 이 녀석은?'

한 번도 본 적이 없는 청년이었다.

오륜마야가 소년을 가리키며 말했다.

"이 아이라네."

그러자 청년이 슬쩍 소년에게로 고개를 돌렸다.

순간 소년은 침을 꿀꺽 삼켰다.

청년의 눈빛은 매서웠다. 그리고 힘이 느껴졌다.

그건 무공이 아닌, 사람 그 자체가 가진 힘이었다.

'누굴까?'

청년이 말했다.

"어디까지 데려다 주면 됩니까?"

"집마맹에게서 안전한 곳까지."

"안전한 곳이 어딥니까?"

"난 모르겠네. 하지만 자네는 알겠지."

청년이 한숨을 내쉬었다.

"돈값을 하라는 말씀이군요."

"그래. 돈값은 해야지."

"알겠습니다. 그 아이를 이리 주시지요."

오륜마야가 물었다.

"자네는 내가 누군지 아는가?"

청년이 말했다.

"짐작은 합니다."

"그런데도 이 의뢰를 받아들인 이유는 뭔가?"

청년이 대수롭지 않다는 투로 말했다.

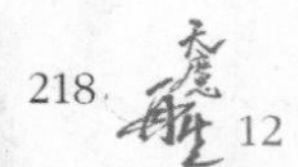

"해볼만한 의뢰이니까요."

"허허허허허허허허허헛!"

오륜마야는 고개를 위로 젖히고 웃음을 터트렸다. 그의 웃음소리는 맑고 상쾌했다.

그리고 소년을 향해 말했다.

"건아. 앞으로 네가 할 일을 알려주마. 저 녀석을 먹어치워라. 그건 어쩌면 혈제를 죽이는 것보다 어려운 일일게다. 만약 그게 안되면 저 녀석을 주인으로 삼아라. 그렇다면 네 싸움이 최소 이십년이 줄어들 것이야."

소년은 눈을 크게 떴다.

대체 이 청년이 누구이기에 조부께서 이토록 높게 평가하는 걸까?

청년이 소년에게로 다가와 말했다.

"가자."

소년은 대꾸치 않고 오륜마야만을 바라보았다.

오륜마야가 말했다.

"가거라."

소년은 입술만 깨물었다.

오륜마야가 그의 머리를 한 차례 쓰다듬은 후 몸을 돌렸다.

그리고 달려왔던 곳으로 나아갔다.

오륜마야는 순식간에 사라졌고, 소년의 두 눈에서는 눈

물이 흘러내렸다.

그때, 청년이 말했다.

"울지 마라."

소년이 청년을 돌아보았다.

청년이 말했다.

"대신 울려라, 너의 적들을."

청년이 돌아섰다.

"지금이 아니라, 나중에. 지금은 우선 살아야지."

소년이 청년의 뒷모습을 향해 말했다.

"당신은 누구요?"

청년이 걸음을 멈추고, 슬쩍 고개를 돌렸다.

"장후. 일개 낭인이지. 지금은 말이야."

†

괴겁마령은 잠에서 깨어난 듯한 기분을 느꼈다.

맞다.

그 날, 형님을 처음 만났었지.

그건 정말 잊고 있었다.

가족을 잃고 형제를 얻은 날이었구나.

그 날, 어째서 조부님이 죽음을 선택한 건지를 이해할 수는 없었다.

하지만 오늘, 수라천마 장후의 이야기를 들으며 그런 심정이었구나, 하고 깨달을 수 있었다.

그리고 알았다.

괴겁마령 자신도 그 날의 조부처럼 죽을 자리를 마련할 때가 왔다는 것을.

나의 죽음은 조부의 죽음과는 다르리라.

외롭지 않으리라.

슬프지도 않으리라.

나의 죽음은, 우리의 죽음은 함께일 테니까.

또한 승리일 테니까.

"응?"

괴겁마령은 자신의 앞에 드러난 광경을 보며 눈살을 찌푸렸다.

혈제의 모습이 보이지 않았다.

대신 화염으로 이루어진 늑대떼와 바람으로 이루어진 거대한 구렁이가 뭔가를 뜯어먹고 있었다.

그 광경은 더럽고, 추악하지만, 아름답기도 했다.

그 사이, 정신줄을 놓고 괴겁삼재 중 겁화낭군과 겁풍망을 개방했었던 모양이었다.

괴겁삼재는 정신줄을 놓아야지만 본래의 위력을 발휘할 수 있는 능력임을 알지만, 이 순간은 아쉬웠다.

하지만 혈제는 이 놈만이 아니다.

다른 녀석을 죽일 때는 정신줄을 아예 끊어놓지만은 말자.

그렇게 생각하며 괴겁마령은 다른 먹잇감을 노리고자 고개를 돌렸다.

"흐음. 이런."

답답한 한 숨이 괴겁마령의 입에서 흘러나왔다.

먹잇감은 적고 맹수는 많으니, 이 공복감을 채우기가 쉽지 않을 듯 해서였다.

NEO ORIENTAL FANTASY STORY

第百十七章.

대신 울려라, 너의 적들을

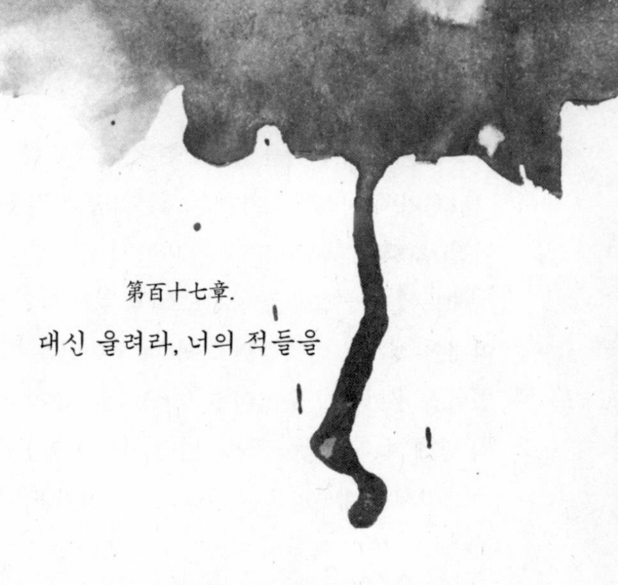

第百十七章.

대신 울려라, 너의 적들을

오륜마야 이후 산산이 흩어진 중원마도의 잔당들을 이끌었던 건 사륜겁공이라 불리는 네 명의 고수였다.

그들은 집마맹에 의해 무너진 오륜마궁과 혈제의 손에 죽은 오륜마야를 승계했다고 외치며 중원마도의 정통을 이었다고 자처하며 세력을 규합했다.

하지만 실상 사륜겁공과 오륜마궁은 아무런 관련이 없었다.

다만 우여곡절 끝에 오륜마궁의 지존마공인 오륜마공의 비급을 얻어 익힐 수 있었을 뿐이었다.

거짓은 달콤하지만, 패망에 이르는 지름길이다.

사륜겁공은 오륜마궁을 승계했다고 자처함으로써 빠르

게 세력을 규합할 수 있었지만, 만약 그것이 거짓임이 밝혀진다면 흩어지는 것 또한 순식간이다.

모래벌판 위에 성을 쌓아올린 것이나 다름없었다.

그렇기에 사륜겁공에게는 오륜마궁의 정통계승자인 초이건(草移建), 즉 괴겁마령이 반드시 필요했다.

때문에 사륜겁공은 낭인으로 떠돌고 있던 초이건을 찾아내어 제자로 받아들였고, 당시 초이건은 의형제를 맺고 있던 혈우마령과 월야마령, 천살마령, 그리고 잔악마령까지 함께 제자로 받아들인다면 응하겠다고 했다.

그렇게 오대마령은 사륜겁공의 제자가 되었다.

'그래, 둘째 형님의 이름이 초이건이었지.'

혈우마령은 그 이름을 잊고 살았다.

괴겁마령의 이름이 둘째 형님이라고 여겼다.

그에게 큰 은혜를 받았건만, 어느 순간부터 당연하다고 여기며 살았다.

형님은 그저 형님이니까.

그리고 나는 동생이니까.

괴겁마령은 주는 게 당연하고, 혈우마령은 받는 게 당연하다고 여겼다.

그렇게 팔십년을 함께 보내왔다.

이제와 돌이켜보면, 창피하기만 하다.

'당연한 게 아닌 것을…….'

혈우마령은 주변을 둘러보았다.

월야마령과 천살마령 역시 비슷한 생각을 하고 있던 듯했다.

그들에게 괴겁마령은 형님이 아니라, 주인이라 불러야 마땅했다.

괴겁마령을 위해서라면 목숨까지 바칠 수 있다고 각오했었다.

그날까지는 말이다.

†

"오호. 이런 거였구나."

사륜겁공, 네 명의 노인이 흡족한 미소를 머금었다. 그들의 전신은 땀으로 흠뻑 젖어 있었다.

하지만 표정만은 푸른 하늘처럼 밝았다.

그들의 앞, 초이건이 표정없는 얼굴로 고개를 끄덕였다.

"그렇습니다. 오륜마공 중 풍겁은 반(反)과 탄(彈)이 아닌, 흡(吸)과 착(捉)의 결을 근간으로 합니다."

사륜겁공 중 맏이인 풍륜겁공이 크게 웃음을 터트렸다.

"푸하하하하핫! 그랬군, 그랬어! 그래서 칠성을 넘을 수 없었구나! 고맙구나, 제자야."

그 순간 초이건의 뒤쪽 일렬로 서 있는 네 명의 청년이 눈살을 찌푸렸다.

누가 제자이고, 누가 스승인가.

사륜겁공은 초이건을 제자로 받아들인 순간부터, 오륜마공의 전수를 강요했다.

사륜겁공이 얻은 오륜마공은 오직 비급뿐이다.

비급만으로 오륜마공을 완성할 수는 없었다.

명문에서 비전무공을 전수하는 방식은, 비급과 구결을 병행한다.

비급은 대략적인 무공의 형과 식을 기록한 것에 지나지 않는다.

형을 취하기 위한 세부적인 방법과 근간이 되는 요결은 오직 선대의 입에서 구체적인 설명으로써 후대에게 전해질 뿐이다.

그래서 구결이다.

그러니 구결이 없이 비급만으로 무공을 완성하기는 어렵다.

아니, 어려운 정도가 아니라 불가능하다.

그렇기에 사륜겁공은 오륜마공을 얻었음에도 육성 이상의 성취를 이룰 수가 없었다.

하지만 오륜마궁의 정통계승자이며, 오륜마공의 구결을 알고 있는 유일한 사람 초이건을 제자로 받아들임으로써

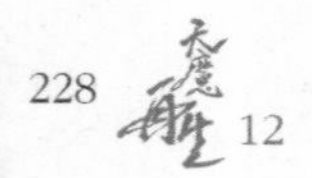

오륜마공의 성취를 높일 수 있게 되었다.

오륜마공은 마도제일기공!

완성하면 혈제와도 자웅을 결할 수 있는 최강의 무공이다.

그렇기에 사륜겁공은 지금껏 익힌 무공을 버리면서까지 오륜마공의 수련에 매진하고 있었다.

초이건이 말했다.

“사부님들. 죄송하오나 오늘은 이만 하겠습니다. 형님께서 깨어났다고 하더군요.”

그 순간 사륜겁공의 눈빛이 매서워졌다.

하지만 바로 풀어졌고, 그들 중 맏이인 풍륜겁공이 부드러운 목소리로 말했다.

“들었다. 아이들을 부려서 반송장이 된 녀석 하나를 데리고 왔다지?”

“말씀드린 대로, 제게는 형님이 한 분 계십니다. 형수님을 만나 세상과의 연을 끊고 은거 하겠다 결심하시었는데, 집마맹의 발길이 닿지 않는 곳이 없었던 듯합니다.”

“그 누구더라? 네 형님이라는 아이가 낭인제일검이라고 불렸던 흑검독랑이라고 하였지?”

“네. 그렇습니다.”

“버려라. 그런 녀석을 형님이라 하다니.”

초이건의 얼굴에 처음으로 표정이라는 것이 어렸다.

"그럴 수는 없습니다."

풍륜겁공의 얼굴이 싸늘해졌다.

"지금 네 말을 듣지 않겠다는 게냐?"

초이건이 고개를 저었다.

"아닙니다. 그것이 아니오라, 한 번 맺은 우의를 끊어낼 수는 없음입니다."

풍륜겁공이 표정을 풀고 말했다.

"모름지기 장부란 큰 그림을 그려야 함이다. 사사로운 감정에 휩싸였다가는 크게 되지 못해."

"제가 알아서 하겠습니다."

풍륜겁공의 눈매가 날카로워졌다. 은은하게 살기까지 어렸다.

하지만 초이건은 담담히 그를 마주 보았다. 그리고 낮게 목소리를 깔아 말했다.

"사부님. 알아서 하겠다하였습니다, 저는."

풍륜겁공의 표정이 흉악해졌다. 내공이 뻗어 나와 그의 긴 머리카락과 옷을 높이 날리었다.

숨을 쉬지 못할 만큼 강맹한 기파가 그의 전신에서 흘러 나와 초이건에게 뻗어나갔다.

초이건이 몸이 움푹 땅 속으로 파고들었다.

풍륜겁공이 뿜어낸 무형의 기파가 초이건의 몸을 내리 눌러 벌어지는 현상이었다.

거의 무릎까지 땅 속에 박혔음에도, 초이건의 표정은 변함이 없었다. 하지만 표정과는 달리 상처를 입었는지, 입가에 실처럼 가늘게 핏물이 흘러내렸다.

그제야 풍륜겁공은 그를 억누르던 기파를 풀어버렸다.

"오늘은 이만 하자꾸나."

그러며 풍륜겁공은 휙 몸을 돌려 걸어갔다. 그 뒤를 나머지 세 명의 노인이 뒤따랐고, 이내 사라져 버렸다.

남겨진 초이건이 입을 크게 벌렸다.

"쿨럭, 쿨럭, 쿨럭."

벌어진 입에서 핏물이 맹렬히 쏟아져 나왔다.

초이건의 주변으로 세 명의 청년이 달려왔다.

"괜찮으십니까?"

기골이 장대한 청년이 걱정스레 묻는 말에 초이건은 고개를 가볍게 저었다.

"괜찮겠느냐? 혈우야, 부축 좀 해다오."

혈우라고 불린 기골이 당대한 청년은 이를 으드득 갈며 초이건을 들고 땅 속에서 빼냈다.

"살살해, 이 녀석아."

혈우가 말했다.

"저 늙은이들이 언젠가 오늘을 후회하게 만들겠습니다."

"당연한 말을 왜 해. 가기나 하자. 형님께서 깨어났다지 않느냐."

그러며 초이건은 아이처럼 밝은 미소를 머금었다.

혈우도 이런 표정은 처음 본 듯싶었다.

'흑검독랑이라…….'

마음에 들지 않는다.

이름은 종종 들어보았다.

아직 젊은 나이임에도 천하의 낭인 중에 제일이라고 하던가?

하지만 그저 낭인일 뿐이었다.

모래사장에 유난히 빛나는 자갈 정도이겠지.

자갈이 황금이 될 수는 없었다.

이 무림에서 황금, 아니 금강석과 같은 존재인 초이건이 형님으로 모실 수가 없는 작자라는 거다.

혈우는 사륜겁공을 증오하기는 하지만, 조금 전 그의 말은 옳다고 여겼다.

초이건이 과거의 사사로운 인연 따위에 매달릴 필요는 없었다.

흑검독랑 장후?

버리는 게 옳다.

초이건이 버릴 수 없다면?

'조용히 묻어버릴 수밖에.'

혈우는 그런 생각을 하며, 동생들을 돌아보았다.

월야와 천살, 잔악 역시 같은 생각이라는 듯이 살짝 고개를 끄덕였다.

그게 초이건을 위하는 일이리라.

그때였다.

"형님?"

초이건이 어딘가를 보며 하는 말에 모두의 고개가 돌아갔다.

그곳에 붕대로 전신을 휘감은 사내 한 명이 있었다.

혈우는 어이가 없어 입이 스르르 벌어졌다.

"이곳에 어떻게?"

이곳, 사륜마공의 연무장은 금지였다.

허락받지 않은 이라면 그 누구라고 해도 들어올 수가 없었다.

그렇다면 사륜검공이 저 자가 이곳에 들어올 수 있도록 허가했다는 걸까?

그럴 리가 없다.

초이건이 달려가 사내를 향해 물었다.

"어떻게 이 곳에?"

사내가 대수롭지 않은 투로 말했다.

"네가 있는 곳을 찾다보니."

초이건은 빙긋 웃으며 고개를 내저었다.

"역시 형님이십니다."

그러며 혈우와 월야, 천살, 잔악을 돌아보며 말했다.

"이리로 와서 인사 드리거라. 내가 형님으로 모신……."

혈우가 말했다.

"알고 있습니다. 흑검독랑 장후. 맞지요?"

그 순간 초이건이 눈살을 찌푸렸다.

"이 녀석들. 형님께 무례하구나."

장후가 초이건을 향해 물었다.

"너였느냐?"

초이건이 말했다.

"네? 무슨 말씀이신지?"

"나의 은거지를 집마맹에 발고한 것이 너였느냐?"

초이건이 어색한 표정을 지었다.

"형님. 그럴 리가 없지 않습니까."

"왜 그럴 리가 없지?"

초이건이 버럭 소리 질렀다.

"제가 왜 형님을 죽이려 하겠습니까!"

장후가 담담한 목소리로 말했다.

"내가 죽지 않을 것을 아니까. 그래야 내가 세상에 다시 나올 것을 아니까. 그래야 너를 도와 집마맹을 치려 할 것임을 아니까."

"형님!"

"아예 몰랐다는 말은 하지 마라. 어디까지냐?"

"형님!"

장후가 말했다.

"어디까지냐? 내가 밝혀야겠느냐? 내가 밝혀서 너를 죽이겠다고 다짐하고, 너를 죽일 방법을 마련하고, 너의 모든 것을 갈기갈기 찢어 놓아야 직성이 풀리겠느냐?"

혈우는 더는 참을 수 없어 장후를 향해 몸을 날리려 했다.

그 순간 장후가 한 걸음 옮겨, 초이건의 측면으로 돌아섰다.

그 한 걸음으로 인해 혈우는 초이건을 뚫지 않고서는 장후에게 닿을 수가 없게 되었다.

우연일까?

아니다.

그런 우연은 있을 수 없었다.

장후라는 작자, 무시할 수준이 아니라는 것이다.

장후가 말했다.

"어디까지냐?"

초이건이 어쩔 수 없다는 듯 힘없이 속삭였다.

"제가 아닙니다. 다만 듣기는 하였습니다."

"듣기는 하였다?"

"네. 듣기는 하였습니다. 하여 고민해 보았습니다. 제게는 형수님과 조카보다는 형님이 더욱 필요했습니다."

"내가 필요했다?"

"네. 절실히."

장후가 가만히 초이건을 노려보았다. 그의 눈동자에는 아무런 감정이 깃들어 있지 않았다.

잠시 후, 장후는 입이 벌어졌다.

"그럼 누구냐?"

"만악제. 그 쪽에서 흘러나온 듯합니다."

"역시 그 쪽인가?"

그렇게 속삭이며, 장후는 몸을 돌렸다.

초이건이 그를 향해 외쳤다.

"어디 가십니까?"

"생각이 정리되는 대로 찾아오겠다. 그때는 내가 널 필요로 할 것이다."

장후가 몇 걸음 걸어가다가 마침 생각났다는 듯, 고개를 돌렸다.

"흡과 착이 아니라, 반과 탄이 맞았다. 아닌가?"

초이건이 사륜겁공에게 가르쳐 주던 구결을 말함일 것이다.

그 순간 초이건이 눈을 크게 떴다.

"어떻게 아셨습니까? 설마 형님께 오륜마공의 구결이……?"

장후는 고개를 저었다.

"아니. 보니까 알겠더군. 사륜겁공이 주화입마에 들기

까지는 얼마나 걸릴 것 같으냐?"

"한 십 년 정도 걸릴 겁니다."

"십 년이라. 그때까지 이곳을 정리할 수 있겠느냐?"

초이건이 고개를 뒤로 돌려 혈우와 월야, 천살, 그리고 잔악을 바라보며 말했다.

"저 녀석들과 함께라면 가능할 겁니다."

장후의 눈이 그들을 향했다.

눈이 마주치는 순간, 혈우는 몸을 부르르 떨었다.

저런 눈을 가질 수가 있을까?

마치 빠져드는 것 만 같았다.

장후가 말했다.

"너희도 알고 있었느냐?"

혈우는 저도 모르게 고개를 저었다. 거의 동시에 월야와 천살, 잔악 역시 고개를 저었다.

장후가 속삭이듯 말했다.

"지켜보겠다, 너희를."

모두가 침을 꿀꺽 삼켰다.

장후는 다시 걸음을 옮겼고, 어둠에 동화되어 사라져 버렸다.

그가 사라지고 나서야 혈우는 초이건을 돌아보며 물었다.

"누, 누굽니까?"

초이건은 장후가 사라진 방향에서 시선을 떼지 않고 말했다.

"내 형님이시다."

그리고 슬쩍 고개를 돌려 혈우를 마주보며 말을 이었다.

"이제부터 너희의 형님이기도 하고."

†

그 날 이후로 자연스럽게 괴겁마령은 큰 형님이 아니라, 둘째 형님이 되었다.

그렇게 여섯이 함께 했다.

죽음의 고비를 넘기 위해 치열하게 싸웠다.

때로는 치졸하기도 했다.

하지만 즐거웠다.

그래, 즐거웠던 것 같다.

그리고 다시 돌아온 큰 형님과 함께하는 이 전쟁의 나날이 더 없이 행복하다.

수라천마 장후는 이제 죽음이라는 막다른 종착지를 찾아가자고 말했다 하여도, 거부할 생각은 없었다.

이 길의 끝에 죽음이 있다면 그 또한 즐거움이리라.

혈우마령은 동생들을 돌아보았다.

월야마령과 천살마령 역시 같은 생각인 듯이 웃고 있었다.

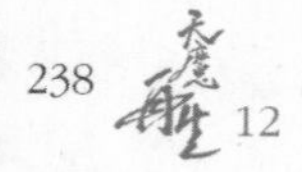

즐겁구나, 즐거워.

"우리도 뭔가 좀 해봐야지?"

혈우마령의 말에 월야마령과 천살마령이 그의 양팔을 붙들었다.

오륜마공은 다섯 개의 분공으로 나뉜다.

그 중 혈우마령은 금륜마공을, 월야마령은 수륜마공, 그리고 천살마령은 목륜마공을 대성했다.

거기까지가 그들의 한계였다.

화륜마공을 대성한 괴겁마령은 거기에 머무르지 않고 오륜마공의 한계를 넘어, 자신만의 무공인 괴겁삼재를 창안했다.

하지만 혈우마령은 그럴 수가 없었다. 월야마령과 천살마령, 그리고 이 자리에 없는 잔악마령도 마찬가지였다.

대신 그들은 오륜마공에 더욱 집중했다.

오륜마궁의 후계자가 괴겁마령일지는 몰라도, 오륜마공의 전승자는 그가 아닌 혈우마령과 월야마령, 천살마령, 그리고 잔악마령이라고 해야 옳았다.

오륜마공의 가장 큰 장점은 각 마공을 완성한 이들은 서로의 능력을 섞어서 하나로 엮을 수 있다는 것이었다.

그것이 바로 오대마령 다섯이 뭉치면 또 한 명의 수라천마와 호각을 이룬다, 라는 이야기가 돌게 된 이유였다.

하지만 괴겁마령이 괴겁삼재를 완성하며 오륜마공의 틀을 벗어났고, 잔악마령은 무공을 잃은 채 스스로의 삶을 살기로 결정함에 따라, 오륜마공은 하나가 될 수 없게 되었다.

하지만 지난 수년 동안 혈우마령과 월야마령, 천살마령은 셋의 능력만이라도 하나로 엮을 수 있는 방법을 찾기 위해 노력했고, 나름의 결과를 볼 수 있었다.

그 결과를 처음으로 보일 무대였다.

혈제라니.

이 만한 무대가 또 있을까 싶다.

"하자."

혈우마령의 말에 월야마령과 천살마령은 고개를 끄덕였다.

스으으으으으.

혈우마령은 월야마령이 붙잡은 오른팔을 타고, 시린 기운이 스며드는 것을 느꼈다.

반대로 천살마령이 붙잡은 왼팔에서는 실처럼 가느다란 뱀이 혈관을 기어오르는 듯했다.

수륜마기와 목륜마기.

그 힘이 혈우마령의 금륜마기가 잠들어 있는 단전을 두들긴다.

그러자 금륜마기와 수륜마기, 그리고 목륜마기는 하나

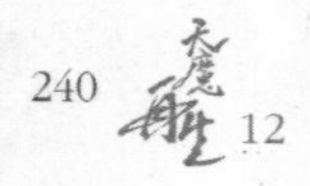

가 섞이더니 소용돌이치기 시작했다.

콰아아아아아아아아아앙!

굉음과 함께, 혈우마령이 몸이 터져 나갔다.

동시에 금빛 빛살이 사방을 물들였다.

혈우마령이 황금으로 이루어진 듯한 형태가 되어있었다.

그의 심장부위에 작은 소용돌이가 있어 세차게 휘돌고 있었다.

회륜마황신(回輪魔皇身)!

이것이 바로 혈우마령과 월야마령, 천살마령이 수년의 노력 끝에 이루어낸 성과였다.

소용돌이가 휘도는 동안만은 무적이다.

회륜마황신이라면 감히 둘째 형님인 괴겁마령과도 대등하리라, 자부했다.

하지만 시험해 본적이 없었다.

이제 알아본다.

혈제를 상대로!

월야마령이 힘없이 속삭였다.

"가보십시오."

천살마령이 말했다.

"이번만 양보하는 겁니다. 다름은 제 차례에요."

황금상과 같은 형태가 된 혈우마령은 두 사람을 향해 가볍게 고개를 끄덕인 후 혈제 중 하나를 노리고 몸을 날렸다.

콰아아아앙!

혈제가 튕겨나간다.

하지만 바로 일어나더니, 고개를 갸웃거렸다.

위이이이잉.

혈제의 전신이 붉게 물들더니 홍옥으로 이루어진 인형상과 같은 형태로 변했다.

혈제를 상징하는 절대마공, 혈옥제마황력이었다.

혈우마령은 다시 혈제를 향해 달려갔고, 혈제 역시 혈우마령을 향해 달려들었다.

쾅, 쾅, 쾅, 쾅!

주먹과 발길질이 오갈 때마다 굉음이 터졌다.

몸통과 몸통이 부딪칠 때마다 천둥이 쳤다.

지독히도 단순한 싸움이었다.

서로가 피하려 하지 않았다.

마치 누구의 몸이 더욱 단단한지를 겨루는 듯만 했다.

어느 순간, 혈제가 뒤뚱거리며 물러섰다.

그의 가슴에 실금이 그어져 있었다.

"으아아아압!"

혈우마령은 달려들며 마구 주먹을 휘둘렀다.

쾅, 쾅, 쾅, 쾅!

굉음과 함께 혈제의 몸이 부서져 내리기 시작했다.

어느 순간 혈우마령은 주먹을 풀더니, 손으로 혈제의 몸에 난 균열 사이로 손가락을 집어넣었다.

그리고 힘주어 양 옆으로 벌렸다.

쩍.

쩌쩍.

균열은 거미줄이 되어 혈제의 전신으로 퍼져 나갔다.

"크하아아아압!"

혈우마령이 우렁찬 기합을 토하는 순간, 혈제는 조각이 되어 사방으로 흩어졌다.

혈우마령은 굽혔던 몸을 피고, 동생들 쪽을 돌아보았다.

월야마령과 천살마령이 흡족한 미소를 짓고 있었다.

혈우마령은 다시 돌아서 남은 혈제를 찾아 눈동자를 굴렸다.

아직 회륜, 즉 심장 부위에 있는 소용돌이가 돌고 있으니, 한 놈 정도는 더 부술 수 있으리라.

하지만 혈우마령의 눈동자에 담겨 있던 열망의 빛은 빠르게 식었다.

"뭐야, 이거."

잠시 사이, 혈제는 고작 두 놈 밖에 보이지 않았다.

열둘이었던 혈제가 그 잠시 사이에 둘로?

혈우마령의 눈동자가 그 원인을 찾아 돌아갔다.

그의 큰 형님인 수라천마 장후의 주변에 다섯 구의 혈제가 쌓여 있었다.

'어느새 저렇게?'

역시 큰 형님이다 싶었다.

혈우마령이 눈이 빠르게 돌아갔다.

위수한이 한 놈, 신검이 한 놈, 철리패가 한 놈, 그리고 괴겁마령이 한 놈.

'그리고 내가 하나.'

이제 혈제는 두 놈 밖에 남지 않았다.

위수한과 신검, 철리패, 괴겁마령, 그리고 혈우마령은 서로의 눈치를 살폈다.

그때, 남장후의 목소리가 그들의 귀에 스며들었다.

"아무래도 다섯 놈으로는 부족해. 한 놈만 더 하자."

모두의 시선이 남장후에게 꽂혔다.

남장후가 자신을 향한 시선에 씩 하고 미소를 지었다.

"그래도 한 놈은 남잖아."

위수한과 신검, 철리패, 괴겁마령, 그리고 혈우마령은 동시에 몸을 날렸다.

남은 하나의 혈제를 차지하기 위하여!

NEO ORIENTAL FANTASY STORY

第百十八章.

역시 너희 답구나

第百十八章.

역시 너희 답구나

원한과 증오란 짐승은 포만감을 모른다.

아무리 채우고 채워도, 여전히 탐욕스럽게 배고프다며 울부짖는다.

그건 아픔과는 또 다른 종류의 고통일 것이다.

위수한이 그랬다.

신검이 그랬고, 철리패가 그랬으며, 괴겁마령이 그랬다.

이 자리, 모두가 그랬다.

혈제라는 탐스러운 먹잇감이 있기에 갈증은 고통스러웠다.

하지만 그들 모두를 합친 것보다 더욱 고통스러울 사람이 있었다.

남장후가, 아니, 수라천마 장후가 그랬다.

수라천마 장후에게 고통이란 익숙한 감정이었다.

태어났을 때부터, 살아오는 동안 내내 그는 고통스러웠다.

그에게 삶이란 냉혹한 거래였다. 그 어떤 것도 거래를 하지 않으면 손아귀에 잡히지 않았다.

그러기 위해서는 머리가 좋아야 했다. 뼈마디가 단단해야 했다. 근육은 팽팽해야만 했다.

그러기 위해서 남들보다 수십 배는 노력해야 했고, 그만큼 고통스러워야 했다.

하지만 고통에 익숙해질 때로 익숙해졌기에, 그저 잊고 살았다.

본래 그렇게 사는 것이라 여겼다.

그녀를 알기 전까지는 말이다.

그녀를 알고, 처음으로 기쁨이라는 걸 알았다.

행복이라는 게 있다는 걸 알았다.

다른 사람은 이런 감정을 느껴본 적이 있고, 느끼고 살아왔다는 게 놀라웠고 신기했다.

그리고 두려웠다.

이 감정을 잃을 수도 있다는 것을 알기에.

그렇기에 세상을 놓았다.

아무도 없는 곳.

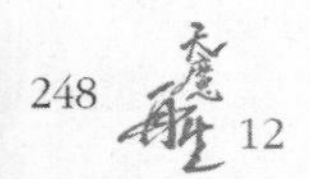

그녀와 나만이 있는 곳.

그런 곳을 찾았고, 그곳에서 평생 지내겠다고 생각했다.

그건 도피가 아니었다.

나만의 성이었다.

나만의 세상이었다.

아니, 우리의 세상이었다.

'내 아이.'

그녀와 나의 보물.

무엇과도 바꿀 수 없는 우리의 보물…….

'아빠, 안아줘요.'

그 목소리가 아직도 이따금 들린다.

갓 태어난 고양이의 울음소리마냥 가늘고 작지만, 못 들을 리 없다.

안아주고 싶다.

그럴 수만 있다면, 단 한 번만이라도 그럴 수가 있다면 그 대가로 너의 심장을 내놓으라고 하여도 서슴없이 꺼내어 내밀어 주리라.

하지만 아무도 그러한 거래를 제안하지는 않았다.

그렇기에 미친다.

너무나 아파서.

너무나 고통스러워서.

그들을 통해 행복과 기쁨을 알았기에 고통이 고통스러워졌다.

이 원한은 아무리 채워도 채워지지 않음에 너무나 고통스럽다.

하지만 오늘은 좀 견딜 만 했다.

그 고통을 일깨우고 북돋기는 했지만, 반대로 달래주기도 하는 혈제라는 재물이 있다.

하나가 아니라 몇이나 된다.

다행이라면 다행일까?

아니다.

이 고통은, 이 증오와 원한은 고작 이 정도로 만족하지 못한다.

자신의 주변에 깔린 다섯 구의 혈제를 둘러보던 남장후는 바로 고개를 틀었다.

위수한과 철리패, 신검, 그리고 사대마령에게 자신은 이 다섯으로 만족하겠다고 말했다.

하지만 아무래도 부족했다.

그리고 어차피 지킬 생각은 없었다.

아니, 지킬 수가 없었다.

이 고통을 견딜 수가 없어서이다.

'난 여전히 약하군.'

남장후는 마음속으로 그렇게 속삭였다.

입밖으로 내어 누군가 들었다면, 이렇게 대꾸했을 것이다.

거짓말은 안 하신다고 하지 않으셨습니까?

라고.

하지만 거짓이 아니었다.

남장후는 진심으로 자신이 약하다고 생각했다.

몸이 아닌, 마음이.

그렇기에 아직도 그녀와 아이를 떠올리는 것이다.

그렇기에 아직도 이 원한과 증오를 지우지 못하고, 이렇게 고통스러워하는 것이다.

그렇기에 새로이 태어났음에도 과거와 다름없이 그렇게 살아가고 있는 것이다.

그렇기에 남장후로서의 삶과 지금의 가족과의 생활에 충실하지 못하는 것이다.

그렇기에……, 그렇기에 죽어야만 하는 것이다.

증오와 원한, 살육과 비명으로 가득했던 우리의 시대를 끝내야만 하는 것이다.

그래야 세상이 산다.

그래야만 아버지와 어머니가 산다.

'아버지, 어머니.'

남장후는 두 사람을 떠올리는 순간, 슬픔을 느꼈다.

그건 수라천마 장후로써 느껴야 했던 고통과는 또 다른

종류의 슬픔이었다.

남장후에게 그리고 수라천마 장후에게 산다는 건 이렇게 고통스럽고 슬프기만 했다.

이 고통과 슬픔을 잠시라도 달랠 수 있는 건, 혈제일 것이다.

남장후는 둘 밖에 남지 않은 혈제 중 하나를 향해 걸음을 내딛었다.

스윽.

그의 몸이 어느새 혈제의 앞에 이르렀다.

혈제는 놀랐는지 두 눈이 커졌지만, 바로 주먹을 휘둘렀다.

혈제의 주먹이 남장후의 가슴에 닿는 순간 굉음이 울렸다.

콰아아아앙!

화포가 터진 듯하다.

그럴 만했다.

혈제의 주먹질에는 그 어떤 화포라 해도 비교할 수 없는 힘이 담겨 있었으니까.

하지만 남장후는 미동조차 하지 않았다.

그저 가만히 혈제를 바라만 보고 있을 뿐이었다.

혈제는 다시 주먹을 날렸다.

콰앙!

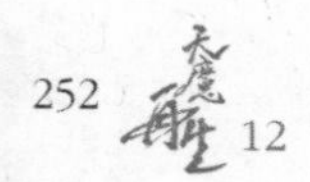

이번에도 남장후는 막지 않고 그저 몸으로 버텼다.

쾅! 쾅! 쾅! 쾅!

혈제가 두 주먹을 마구 뻗어댔다.

수십 개의 쇠뇌가 일시에 쏟아지는 듯했다.

그럼에도 남장후는 그저 지켜보고만 있었다.

그의 눈동자에 실린 감정은 증오보다는 안타까움으로 읽혔다.

남장후의 입이 벌어졌다.

"내가 조금만 더 약했으면 좋겠구나."

이 혈제가 말을 알아들을 수 있을까?

그랬다면 좋겠다.

이 답답한 심정을 알아주었으면 하니까.

"난 싸우고 싶다."

말과는 달리 그의 표정과 말투는 담담하기만 하다.

"고함을 치고 싶다. 욕설을 쏟아내고 싶다. 피를 흘리고, 뼈가 끊어지고, 살이 터지고 싶다. 집마맹과 싸울 때처럼 말이야. 하지만……."

남장후가 한숨을 내쉬었다.

"그게 안 되는 구나."

쾅, 쾅, 쾅, 쾅!

그 사이에도 혈제는 계속 주먹을 휘둘렀다.

타격할 때마다 우렁찬 소리가 터져 나왔지만, 남장후의

몸에는 자그마한 생채기 하나 생기지 않았다.

혈제가 기회를 노리고자 삼 푼의 힘을 아끼고 있는 까닭일까?

그렇지 않았다.

혈제는 이미 혈옥제마황력을 구사하고 있었다.

붉다기보다는 하얗다고 할 정도로 변한 몸의 색이 말해주고 있었다.

혈옥제마황력을 극성에 이르도록 익혔으며, 그 극성에 이른 힘을 구사하고 있다고.

그럼에도 남장후의 몸에 상처를 남길 수 없는 것이다.

"이건 좀 억울하군."

남장후는 그렇게 속삭였다.

대체 누가 억울해야 하는 걸까?

혈제의 표정이 절망으로 물들었다.

남장후는 그런 혈제를 계속 바라만 보다가, 다시 한숨을 쉬었다.

"별 수 없지."

그리고 혈제를 향해 천천히 두 손을 뻗었다.

혈제는 그의 두 팔을 향해 연신 주먹을 휘둘렀다. 하지만 남장후의 두 팔은 방향이 틀어지거나, 꺾임 없이 그저 그대로 혈제를 향해 다가갈 뿐이었다.

혈제는 안 되겠다 싶은지, 무릎을 굽혔다. 뒤로 튀어나가 도망치려는 듯했다.

그때, 남장후가 오른 발을 들어올렸다.

쾅!

남장후의 오른 발이 혈제의 오른 발을 밟고 있었다. 아니, 뭉개버렸다.

때문에 혈제는 뒤로 몸을 날리지 못하고, 그저 제자리에서 휘청거려야만 했다.

쾅!

혈제의 오른 발을 뭉개버렸던 남장후의 오른 발이 혈제의 왼 발 역시 뭉개버렸다.

하지만 두 발을 잃은 혈제는 고통스러워하지 않았다. 그럴 시간이 없다는 것을 알기 때문이었다.

혈제의 몸이 둥실 떠오른다.

발을 잃었으니, 어기비행의 공부를 이용하여 뒤로 몸을 빼내려는 듯했다.

하지만 그 사이 남장후의 두 손이 그의 몸에 닿아있었다.

아니, 그를 안고 있었다.

그것은 마치 오랜만에 만난 반가운 사람과의 해후처럼 포근하고 따뜻한 포옹이었다.

남장후의 부드러운 목소리가 혈제의 귓속에 스며들었다.

"반가웠다."

드드드드득.

남장후의 두 팔이 천천히 좁아들었다.

혈제는 빠져나오려 몸을 마구 휘돌렸지만 남장후의 두 팔을 벗어날 수는 없었다.

두둑, 두둑.

뼈가 부서지는 소리가 울린다.

뚝, 뚝.

근육이 끊어지는 소리로 이어진다.

퍽, 퍽!

살이 터지는 소리가 울린다.

뚝!

차갑고 무서운 소리.

그 소리를 마지막으로 혈제는 둘로 나뉘어 버렸다.

남장후는 달라붙은 자신의 두 팔을 떼어내고, 한숨을 쉬었다.

"역시 모자라."

갈증이 치밀어 오른다.

원한과 증오라는 맹수는 아직 모자라다고 울부짖는다.

더, 더.

남장후는 어쩔 수 없다는 듯 고개를 돌려, 마지막 남은 혈제가 있던 방향으로 탐욕스러운 눈길을 보냈다.

그의 입가에 비린한 미소가 어린다.

"역시 너희 답구나."

그러며 남장후는 걸음을 옮겼다.

저 치졸하고 웃긴 싸움의 승자가 되어 마지막 남은 혈제라는 상품을 차지하기 위하여.

†

위수한과 철리패, 신검과 괴겁마령, 그리고 혈우마령은 수라천마 장후를 안다.

집마맹에 대한 그의 증오를 안다.

혈제에 대한 그의 원한을 안다.

그렇기에 수라천마 장후가 약속한 다섯으로 만족하지 않을 것을 알고 있었다.

그러니 혈제를 차지하기 위해서는 싸워야 함을 알았다.

빨리, 먼저 처리하는 사람이 하나라도 더 차지할 수 있다.

그렇기에 그들은 자신이 가진 능력 중 최고이자 최강의 힘으로 혈제를 상대했다.

그럼으로써 최소한 하나 정도는 더 차지할 수 있을 것이라 여겼다.

하지만 역시 쉽지가 않았다.

모두가 같은 생각을 했으니까.

그리고 갖춘 실력이 엇비슷하기 때문에도 그랬다.

위수한과 철리패, 신검, 괴겁마령, 그리고 혈우마령이 자신이 차지한 혈제를 처리한 건 거의 동시였다.

각자가 지닌 실력을 모조리 드러내어서라도 다른 사람보다 빠르게 처리하고자 했는데, 결국 그렇게 되었다.

뭐 그럴 수도 있다.

하지만 문제는 그 사이 수라천마 장후가 다섯을 처리했다는 것이었다.

남은 건 혈제는 둘.

그 중 하나를 수라천마 장후가 차지하겠다고 했으니, 남은 놈은 내 차지가 되어야 한다!

그렇게 위수한을 위시한 다섯 사람은 다짐하며, 누가 먼저라고 할 것 없이 몸을 날렸다.

그들 중 가장 먼저 혈제의 앞에 이른 사람은 위수한이었다.

그가 가장 가까이 위치해 있어서는 아니었다.

익힌 무공이 지닌 특성 때문이었다.

위수한의 무공 비친신기는 신속(神速), 신과 같은 빠름을 추구한다.

그렇기에 경쟁자들보다 먼저 혈제를 차지할 수 있는 것…….

'어라?'

위수한은 급히 몸을 휘돌렸다.

서걱.

그의 머리카락 몇 개가 잘린 채, 휘날렸다.

아무리 급습을 했다고 하더라도 위수한의 머리카락을 자를 사람은 세상에 몇 없다.

하지만 불행히도 그런 세상에 몇 안 되는 사람이 이 자리에 거의 다 모여 있었다.

'누굴까?'

위수한은 분노를 삼키며 자신을 공격한 상대를 찾았다.

지금 이 순간 그의 곁을 스치며 앞으로 뻗어나가는 그림자가 분명했다.

위수한이 깃털형태의 강기를 뿜으며 외쳤다.

"하지후 선배!"

신검은 대꾸치 않고 가볍게 검을 휘저어 깃털모양의 강기를 잘라낸 후, 계속 앞으로 나아갔다. 아니, 나아가려 했다.

하지만 오히려 한 걸음 물러설 수밖에 없었다.

콰앙!

그의 앞에 꽂힌 강맹한 힘 때문이었다.

신검의 눈이 날카로워졌다.

"철리패. 이럴 건가?"

철리패는 대꾸치 않고, 앞으로 달려 나갔다. 그리고 하나 뿐인 손을 주먹 쥐어 혈제를 향해 휘두르려 했다.

그런데 철리패가 갑자기 몸을 틀더니, 방향을 바꾸어 거칠게 내질렀다.

콰아아아앙!

바람으로 이루어진 거대한 구렁이가 철리패의 권력에 맞고 흩어지고 있었다.

철리패가 외쳤다.

"괴겁마령, 이놈!"

그 사이를 비집고, 불꽃으로 이루어진 수십 개의 늑대떼가 혈제를 향해 질주했다.

하지만 화염의 늑대들은 혈제에 닿기 직전에 위수한이 날린 새하얀 깃털모양의 강기에 얻어맞고 불꽃이 되어 흩어졌다.

괴겁마령이 거칠게 외쳤다.

"위수한! 네가 나설 때가 아니야!"

위수한이 피식 웃었다.

"자, 노친네들은 뒤로 빠지시죠. 힘쓰는 건 젊은 사람 몫 아니겠습니까?"

신검이 혀를 찼다.

"버릇없는 건 여전하구나."

철리패가 신검을 노려보며 말했다.

"네 놈은 다른가?"

괴겁마령이 말했다.

"내 차지다. 나서는 놈은 용서치 않겠다."

신검과 철리패는 들은 척도 하지 않았고, 위수한은 콧방귀만 뀌었다.

그 순간 혈우마령이 다가와 말했다.

"형님. 소제에게 양보하시지요?"

괴겁마령이 싸늘한 눈으로 그를 쏘아보았다.

하지만 평소와는 달리 혈우마령은 그의 눈을 피하지 않았다.

철리패가 말했다.

"그래. 자네 형에게 양보하라 그래. 당신은 내게 양보하고."

혈우마령이 철리패를 쏘아보았다.

"끼지 마시게. 남은 팔도 잃고 싶지 않으면."

그러자 신검이 피식 웃었다.

"이거야 원. 팔이 두 개인 게 참 자랑스러운가 보군. 하나 잘라줄까?"

그들 다섯 명은 그렇게 혈제를 가운데 두고 서로를 경계하며, 차가운 눈빛을 나누었다.

그때였다.

"아무래도 부족하단 말이야."

다섯 명의 고개가 휙 돌아갔다.

그 방향에서 남장후가 걸어오고 있었다.

남장후는 자신을 향한 시선에 부드러운 미소로 마주대하며 말했다.

"고맙구나, 다들. 이렇게 나를 위해서 양보해주겠다니."

다섯 명은 빠드득 이를 갈았다.

그리고 마지막 혈제만은 절대로 양보할 수 없다고 다짐했다.

NEO ORIENTAL FANTASY STORY

第百十九章.

오만한 녀석들이로군

第百十九章.

오만한 녀석들이로군

삶은 갈래 길의 연속이다.

어느 길을 선택하여 내딛어야 만이 목적지에 도착할 수 있을지는 잘 모른다.

어떤 길은 낭떠러지로 이어지고, 어떤 길은 웅덩이가 곳곳에 파여 있을 수 있다.

때로는 순탄하고 길고 넓을 수도 있다.

하기에 갈래길 중 하나를 선택할 때는 신중해야 한다.

그저 행운만을 바라서는 안 된다.

몇 가지 흔적과 단서를 붙들고 조합하여, 머리가 터질 정도로 고민한 후에 결정하여야 한다. 그러한 자신의 선택에 미련과 후회를 남겨서는 안 된다.

그게 제대로 사는 거다.

그게 삶이라는 여정에 충실한 여행자이다.

위수한, 철리패, 신검, 괴겁마령, 그리고 혈우마령.

이 모두는 삶이라는 여정을 제대로 걸어온 여행자이다.

혹은 유능한 안내인이라 할 수도 있었다.

각기 세력을 만들거나 일구어 자신이 걸어온 길을 따르도록 다른 이들을 이끌어 왔으니, 그랬다.

그들 중 누가 낫다고 못하다고 할 수는 없다.

그들은 이제 길을 선택하는 수준이 아니라, 길을 만들어내는 인물들이니까.

그렇다면 수라천마 장후는?

그는 어떠한 여행자일까?

누군가 위수한에게 그렇게 묻는다면, 그는 이리 대답할 것이다.

'여행자는 무슨. 굴착꾼이지. 그냥 목적지까지 바로 직행하는 인간이 무슨 여행자야.'

그렇다면 어떠한 안내인일까?

누군가 괴겁마령에게 그렇게 묻는다면, 그는 이렇게 대꾸할 것이다.

'안내? 큰 형님이 안내를 한다고? 그냥 밀어 넣고 몰아넣을 뿐이지.'

그렇기에 수라천마는 재해나 재앙이라고 불리는 지도

모른다.

그러니 그의 강요와 압박을 자연의 순리라는 듯이 그저 받아들일 수밖에 없다.

거부하거나 반항해 봤자, 달라지는 건 없으니까.

모두가 그렇다.

이 자리에 있는 이들만을 제외하고는 말이다.

이들이 그리 하는 건 수라천마 장후에 대한 반감이나, 대항심이 강하기 때문이 아니다.

이들이 삶이라는 여정에 뛰어난 여행자이고 유능한 안내인이기에 그렇다.

자신의 삶을 자신이 결정해 왔기에 그렇다.

그렇기에 아무리 수라천마 장후라고 하여도 그들에게 방향을 제시하거나 유도할 수는 있어도, 강요할 수는 없다.

그건 양보나 거래할 수 없는 최후의 보루 같은 것이니까.

그건 아무리 수라천마 장후라고 하여도 용납할 수가 없다.

지금 수라천마 장후가 마지막 남은 혈제를 차지하겠다고 다가오는 행위는 바로 그들의 보루를 건드리겠다는 선언이나 다름없었다.

어찌해야 한다?

다섯 사람은 서로를 곁눈질했다.

마지막 혈제를 수라천마 장후에게 포기하고 물러선다?

이 순간 그들의 앞에 놓인 갈래길 중의 하나이다.

넓고 평탄하고 단단한 길이다.

수라천마 장후는 지금 화가 나있다.

혈제에게서 죽은 그의 아내와 아이의 얼굴을 떠올리게 되었으리라.

이런 때의 수라천마 장후는 못 말린다.

닥치는 대로 부수고, 없애버리니까.

그리고 그가 부수고 없애지 못하는 건 없으니까.

예전에는 그랬다.

남장후로 다시 태어나며, 과거와는 달리 상당히 자제하고 있지만, 그렇다고 하여도 분노한 수라천마 장후는 위험하다.

그의 앞길을 비키는 게 이롭다.

하지만, 다섯 명은 염두에 두지 않았다.

한 번 밀리면 계속 밀린다.

계속 밀리면, 자신의 의지를 잃는다.

그리고 계속 끌려 다니게 된다.

그러니 지금 뒤로 빠진다면 당장은 이로울 수는 있겠지만, 나중에 수라천마 장후와 함께할 이 전쟁이 끝날 때까지 불편함이 계속될 것이다.

그래, 쉽게 말하여 기싸움을 벌일 때였다.

다섯 명은 그렇게 생각했다.

물론 혼자라면 필패이다.

그저 농락당할 뿐이겠지.

하지만 다섯이 함께라면 다르다.

아무리 수라천마 장후라고 하여도 한 번 해볼 만한 싸움이다.

'물론 배신자가 없을 때의 얘기이지.'

위수한은 그렇게 입안으로 웅얼거리며, 주변을 둘러보았다.

자신이 여기기에 배신할 가능성이 가장 농후한 사람에게 심리적인 압박과 무언의 확신을 얻으려 했다.

위수한이 예상할 수 있는 배신자 두명, 괴겁마령과 혈우마령이었다.

그들은 괴겁마령은 수라천마 장후의 그림자를 자처하는 인물이고, 혈우마령은 그 그림자의 그림자라고 할 수 있었다.

그러니 괴겁마령에게서 확신을 얻어야 한다.

그렇기에 위수한은 괴겁마령을 매섭게 노려보았다.

하지만 괴겁마령은 오히려 위수한을 노려보고 있었다.

다섯 명은 모두가 비슷한 수준이고, 비슷한 과정을 거치며 살았으니, 지금 이 순간 비슷한 생각을 했고, 비슷한 결론을 얻었다.

그러니 괴겁마령이 짐작한 예상할 수 있는 배신자는 위수한이라는 것이었다.

위수한은 어처구니가 없었다.

'뭐야 이거?'

더구나 괴겁마령의 옆에 있는 황금인형 같은……, 아니, 황금은 무슨, 황동이지, 황동!

하여간 황동 찌꺼기를 긁어모아 엮은 것만 형태를 하고 있는 혈우마령도 비슷한 눈길을 보내고 있었다.

'이것들이 진짜!'

그런데, 눈길이 두 개가 아니다.

위수한은 슬며시 고개를 돌렸다.

하지만 철리패와 신검 역시 비슷한 눈빛으로 자신을 노려보고 있는 것이 보였다.

'나라고? 와. 이것들, 언제 짰대?'

하여간 이 늙은이들.

저들이야말로 협잡질과 모략질, 배신을 밥 먹듯이 해왔던 주제에 나를 그리 몰아가?

위수한은 모두를 향해 단호한 마음이 실린 눈길을 보냈다.

하지만 그의 시선을 받은 네 사람은 동시에 콧방귀를 뀔 뿐이었다.

위수한은 빠드득 이를 갈았다.

'이 늙은이들이 진짜. 정말 내가 배신해? 해 봐? 해? 한다?'

그제야 네 사람은 고개를 살짝 끄덕였다.

위수한이 불편한 속을 가라앉히고 눈빛으로 물었다.

'그럼 선공은 누구로 할까요?'

수라천마 장후와의 격돌은 창과 창의 대결이어야 한다.

수라천마 장후는 무엇이든 깨고 부술 줄 안다.

그러니 괜히 방어를 하고, 틈을 노려 공격을 감행하겠다는 소극적인 방식을 취했다가는 단숨에 깨진다.

그러니 먼저 쳐야 한다.

가장 빠르고 날카로우며, 강한 공격을 감행해야 한다.

목숨을 잃을 각오를 해야 한다.

그래야 수라천마 장후와의 이 가벼운 기싸움에서 우위를 챙길 수 있으리라.

생각하면 우습다.

가벼운 기싸움을 벌이는 데에도 목숨을 걸어야 한다니.

하지만 그게 수라천마 장후라는 상대이다.

그렇다면 선공은 누가…….

'응?'

위수한은 네 사람의 시선을 느끼며 눈을 휘둥그레 떴다.

'내가 선공을 하라고?'

그를 향한 네 사람의 시선은 그렇다고 말하고 있었다.

하지만 위수한은 되물었다.

'왜 난데?'

그 질문에는 답이 없다.

그저 네가 하라고, 아니 네가 까라고 말할 뿐이었다.

위수한은 눈빛으로 되물었다.

'내가 까라면 까는 사람이야? 당신들 날 잘 알잖아. 대체 나한테 왜 이러는데?'

그러자 네 사람의 눈매가 칼날처럼 얇아졌다.

위수한은 어쩔 수 없다는 듯 눈에 힘을 풀었다.

선공을 강요하는 입장은 이해가 갔다.

이 다섯 사람의 무공의 특성을 고려할 때, 위수한 자신의 비천신기가 가장 강하다고는 할 수 없지만, 가장 빠르고 날카롭다고 할 수는 있었다.

선공의 요구조건 세 가지 중 두 개를 갖추고 있으니, 선공은 위수한의 몫이 당연했다.

위수한 자신이라고 해도, 저들처럼 굴었을 것이다.

하지만 선공을 감행하는 이는 목숨을 걸어야 한다.

목숨을 건다는 것?

어렵지 않다.

위수한은 매 순간 목숨을 걸고 살아왔으니까.

하지만 다른 한 가지가 어려웠다.

수라천마 장후와 싸워야 한다는 것.

그건 정말 쉽지 않은 일이다.

그 사이 남장후는 그들 쪽으로 고작 세 걸음을 더 다가와 있었다.

위수한과 네 사람이 수라천마 장후와의 기싸움을 벌이겠다고 각오하고, 연맹하기로 결정하였으며, 선공을 위수한이 하기로 결정하기까지는 눈 몇 번 깜짝할 시간 밖에 걸리지 않았기 때문이었다.

그럼에도 위수한은 삼십 리는 더 가까워졌다는 듯한 기분을 느꼈다.

위수한은 거리를 가늠해보았다.

위수한 자신과 남장후와의 거리는 사장이 조금 넘었다.

남장후가 지금의 보폭을 유지한다면 딱 스무 걸음이다.

하지만 비천신기의 걸음으로는 일보도 되지 않는다.

무보가 될 때까지 기다려야 한다.

'두 걸음.'

남장후가 딱 두 걸음만 더 다가오면 되었다.

그것이 비천신기의, 아니, 위수한의 간격이었다.

그 사이 남장후가 한 걸음을 더 다가왔다.

이제 선공을 준비해야 한다.

아니, 감행해야 한다.

미리 준비해서는 안 된다.

그러면 수라천마 장후가 눈치를 챈다.

그러면 실패이다.

마음먹는 순간, 바로 실행에 옮겨야 한다.

그건 어렵지 않다.

비천신기를 대성하기를 넘어서, 자신만의 영역을 일구어낸 위수한에게 그 정도의 능력은 있었다.

다만 결심을 한다는 게 어렵다.

'수라천마 장후를 공격한다?'

떠올리는 것만으로도 머리가 하얗게 비어버릴 만큼 아찔한 공포이다.

하지만 흥분되기도 했다.

가슴이 벅차기도 했다.

이건 분명 호승심이었다.

위수한은 그런 자신이 낯설었다.

'내가 많이 크기는 했구나.'

감히 수라천마 장후를 상대로 호승심을 느끼다니.

물론 네 사람이 뒤를 받치고 있지 않다면, 달랐겠지.

위수한은 지금 이순간 자신이 공포와 호승심이라는 갈래길 앞에 서 있음을 깨달았다.

'난 어떠한 길을 선택할까?'

모르겠다.

남장후가 다시 한 발을 내딛는 것이 보였다.

위수한은 그 순간 깨달았다.

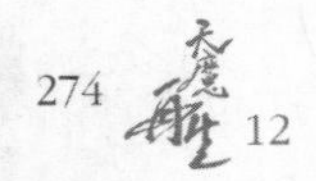

저 발이 땅에 닿는 순간, 내가 나를 알리라.

내가 어떤 길을 선택할지.

그리고 어떤 길을 걸어갈 지를.

척.

남장후의 발이 땅에 닿았다.

†

철리패와 신검, 괴겁마령, 그리고 혈우마령은 위수한이 있던 자리를 노려보았다.

위수한의 간격이 어느 정도인지는 정확히 모른다.

각자 익힌 무공의 성향과 실력에 따라 다르기 때문이다.

또한 간격을 숨기기 때문이기도 하다.

자신 만의 간격이란 목숨이라는 지붕을 지탱하는 기둥 중 하나이니까.

하지만 눈치는 있다.

네 명은 위수한의 간격이 이 정도가 아닐까 여겼다.

위수한이 선공을 한다면 지금 뿐이라는 것이다.

하지만 위수한은 움직이지 않았다.

본래 서 있던 자리에 그대로 서 있었다.

수라천마 장후라는 공포를 넘지 못해 선공을 포기하기로 결정한 것인 걸까?

그렇다면 수라천마와의 기싸움은 진 거다.

계속 이렇게 농락당하듯 끌려 다닐 수밖에 없었다.

하기에 네 명의 눈동자에는 실망이라는 감정이 차올랐다. 하지만 바로 놀라움이라는 감정으로 바뀌었다.

남장후의 앞에 있는 또 한 명의 위수한을 발견하였기 때문이었다.

위수한이 둘이다?

그렇다면 둘 중 하나는 가짜여야 한다.

하지만 네 사람은 알 수 있었다, 이 둘 모두가 진짜 위수한이라는 것을.

'이형환위(移形換位)!'

한 순간 동시에 둘로 존재할 수 있다고 하는, 경신무공의 극치.

너무 빠르기에 그리 보인다고 한다.

오직 절대고수만이 구사할 수 있다는 능력이다.

그러니 이 자리에 있는 사람 모두는 이형환위라는 능력을 사용할 수 있었다.

하지만 위수한이 보이는 저것은 달랐다.

빨라서 저리 보이는 것이 아니라 지금 이 순간, 실제로 둘이 존재하고 있는 것이다.

두 개의 마음으로 자신을 둘로 나누어 버린 것이다.

지금 남장후에게 선공을 감행한 것도 위수한이고, 제 자리에 머물러 있는 것도 위수한이다.

이건 위수한 만이 구사할 수 있는 초능!

말 그대로 위수한 만의 신기(神技)였다.

저 신기는 무섭다.

지금이 아니라, 나중이 더욱 무섭다.

지금은 하나는 머물러 있고, 하나는 공격하고 있지만, 저 둘 모두가 하나의 마음을 품는다면?

위수한의 적은 두 명의 위수한을 감당해야 하는 것이다.

콰아아아아앙!

모두가 놀라는 사이, 굉음이 울렸다.

선공하는 위수한이 외친다.

"뭣들하시오!"

제 자리에 있던 위수한은 어느새 사라졌다. 그의 마음이 선공을 감행한 쪽으로 완전히 기울어졌기 때문이었다.

위수한은 자신이 무슨 짓을 했는지 모를 것이다.

평생 모를 수도 있었다.

하지만 깨달았을 때는…….

'더 재수 없어지겠지.'

네 명은 그쯤에서 생각을 끊고 몸을 날렸다.

위수한을 이어 공격할 사람은 신검이었다.

신검의 일검은 단호하다.

아무리 수라천마라고 하여도 피할 수가 없다.

콰아아아앙!

신검의 검과 남장후의 왼팔이 부딪혔다.

어느 한쪽 밀리지 않고 그 자리에 머물러 있었다.

신검은 아쉬움을 달리며 씩 웃었다.

기대했던 것보다는 못하지만 역할은 다 했기 때문이었다.

그 다음은 철리패의 차례였다.

그의 일권은 강하다.

아무리 남장후라고 하여도 피할 수 없다.

콰아아아아앙!

철리패의 하나 뿐인 주먹과 남장후의 오른 주먹이 달라붙었다.

서로 멈춘 채, 밀리지도 그렇다고 밀리지도 않는다.

그것이 철리패의 역할이었다.

괴겁마령과 혈우마령이 양측에서 달려든다.

괴겁마령은 어둠이 되었고, 수백 마리의 화염늑대와 바람으로 이루어진 거대한 구렁이를 토해냈다.

혈우마령은 황금빛을 뿜어내며 몸통으로 부딪혔다.

콰아아아아아앙!

결국 남장후는 버틸 수가 없는지 뒤로 몇 걸음 물러났다.

한 번 밀리면 돌이킬 수가 없는 싸움이다.

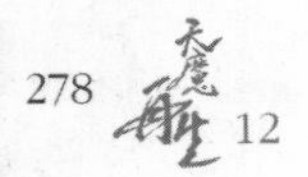

위수한을 위시로 한 모두가 얼굴에 환한 미소를 그렸다.

그때였다.

남장후가 피식 웃었다.

“이거야 원. 우리 모두 졌구나.”

대체 무슨 뜻일까?

그 순간 모두의 고개가 뒤로 돌아갔다.

마지막 남은 혈제가 무너져 내리고 있는 광경을 볼 수 있었다.

대체 누가 있어서 혈제를?

그의 앞, 한 여인이 보인다.

십면사괴였다.

아니, 십면사괴를 장악한 남장후가 심은 인격 수라심이라 해야 옳겠지.

십면사괴, 아니 수라심이 빙긋 웃었다.

“나도 하나 정도는 차지해야지 않겠어? 안 그래?”

그러자 남장후가 고개를 끄덕였다.

“인정하지. 십면사괴라면 그럴 만 하지. 그렇지 않은가?”

동의를 구하고자 묻는 말에 위수한을 위시로한 다섯 사람은 이만 빠드득 갈았다.

수라심이 그저 십면사괴라면 이렇게 억울하지는 않겠지.

십면사괴 역시 집마맹에 대한 원한이 있고, 그러니 한 놈의 혈제를 차지할 수 있는 자격은 있었다.

하지만 지금의 십면사괴는 수라심이라는 수라천마 장후가 자신을 복제한 인격에 의해 장악된 상태 아닌가.

그러니 어떻게 따지면 수라천마 장후가 죽인 것이라고도 볼 수 있는 상황이었다.

하지만 남장후가 직접 죽인 것이 아니니, 따질 수도 없었다.

그저 다섯은 답답한 한 숨만 내쉴 뿐이었다.

그 순간 남장후가 위로하듯 말했다.

"너무 서운해하지마. 화풀이는 이제 시작이니까."

모두의 시선이 남장후에게 꽂혔다.

대체 또 무슨 수작을 부리려는 걸까?

알 수가 없다.

저 머릿속에 뭐가 들어있는지 대체 누가 알 수 있을까?

다섯 명은 다시 한 숨을 내쉴 뿐이었다.

†

혈제는 없다.

사실 집마맹의 시대를 살았던 이들 모두가 증오하는 혈제는 본래 없었다.

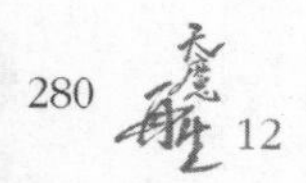

이십 수년 전에 수라천마 장후에 의해 걸레처럼 너덜너덜해질 때까지 농락당한 후에 죽었다.

죽은 사람이 살아 돌아올 수는 없는 일이다.

아, 한 사람, 수라천마 장후를 제외하고는 그렇다.

그러니 혈제의 복제물은 그저 과거의 잔재물일 뿐이었다.

그걸 모르는 사람은 없지만, 모르고 싶었을 뿐이었다.

시대는 변했고, 그 시절은 지나갔다.

다시 오지 않는다.

하지만 혈제를 복제한 병기를 통해 그 날들로 잠시 돌아간 기분이었다.

그렇기에 모두가 가장 괴로웠던 순간을 떠올라 괴로워하고 분노했지만, 이렇게 혈제의 시체를 둘러보고 있으니 그리움이 더 컸다.

어쩌면 그때야 말로 인생 중에 가장 화려했던 순간이라 해야 할 테니까.

그러니 폭풍처럼 격렬했던 감정과 싸움이 지나친 자리에 남겨진 이 적막이 쓸쓸하기만 했다.

늙은이는 과거로 살고, 젊은이는 앞날을 보며 산다던가?

남장후는 다시 태어나 실제로 젊음을 가지고 있기 때문인지, 감정의 전환이 빨랐다.

"자, 이제 그만 궁상떨고 정리하자."

적적한 기분을 달래고 있던 모두가 남장후를 돌아보았다.

'정리를 하자라…….'

감정을 추스르라는 소리는 아니겠지.

정리를 한다는 건, 두 가지의 의미가 있다.

챙길 것을 챙기자, 라는 약탈의 의미.

아니면 손님을 맞을 준비를 하자는 주인된 자세.

둘 중 어느 쪽일까?

뻔하다.

둘 다이기도 하고, 둘 다 아니기도 하다.

챙기는 정도가 아니라, 이곳 자체를 차지해버리자는 것일 테니까.

왜?

그 또한 뻔했다.

지금껏 들은 정보를 종합하면, 그들의 적은 천외비문이 아니었다.

뒤에서 천외비문을 움직이고 있는 이들.

악마사원을 끌어내 집마맹을 만들어낸 이들.

바로 천금종인, 그들이야 말로 적이었다.

그 놈들을 없애야 한다.

하지만 천금종인이라는 녀석들이 어디에 있는지는 알 수 없었다.

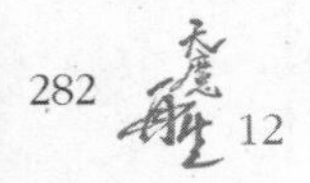

수라천마 장후는 알까?

그래, 알 수도 있겠지.

그렇다면 수라천마 장후의 영도 아래 천금종인의 본거지를 찾아가 부숴버린다?

그럴 수도 있겠지.

하지만 그런 건 수라천마 장후의 전쟁방식이 아니다.

수라천마 장후는 효율적이고 악랄하다.

적을 찾아내어 싸우지 않는다.

적이 스스로 튀어나와 싸우게 만든다.

대처하지 않는다.

대처하게 만들 뿐이다.

수라천마 장후의 전쟁은 언제나 승부의 열쇠를 쥐고 시작한다.

그렇기에 질 리가 없는 거다.

"손님이 올 거다."

역시나.

모두는 바로 알아들을 수 있었다.

천금종인이 이리로 올 것이라는 뜻이었다.

그들에게 이곳 천마도는 그들이 원대한 꿈을 이루기 위한 터전이나 다름없었으니까.

그러니 그들은 어떻게 해서라도 이곳을 되찾기 위해 올 수 밖에 없다.

그것도 최강의 전력을 구비하여 오겠지.

오면서 들은 이야기를 종합하여 짐작해보면, 천금종인은 양보다는 질을 추구하는 소규모의 정예집단일 것이다.

수백 년동안 강호무림을 농락해왔던 놈들이니, 분명 엄청난 전력일 것이다.

하지만 이 자리에 있는 이들 중 그들과의 싸움을 걱정하는 사람은 없었다.

소규모 정예로 구성된 집단의 전투라면, 아무리 천금종인이라고 하여도 이 자리에 있는 이들보다 강할 수는 없을 테니까.

남장후가 말을 이었다.

"그 놈들이 영리하다면 이틀 후? 오만하다면 사흘. 멍청하면 닷새 정도 걸리겠지."

위수한이 물었다.

"오만한 대다가 멍청하기까지 하다면요?"

남장후가 픽 웃었다.

"그러면 아예 못 오겠지. 그런 놈들이 지금껏 세력을 유지하고 살았을 리 없으니까."

위수한은 고개를 끄덕였다.

"그렇겠지요. 하지만 좀 그랬으면 싶군요."

남장후가 고개를 저었다.

"아니. 그래서는 안 돼. 놈들은 오만해서는 안 돼. 멍청해서도 안 돼. 영리한 정도여서도 안 돼. 지혜로워야해. 강해야해. 뛰어나야해. 그래야 우리가 재밌을 테니까."

모두가 피식 웃었다.

그랬다.

어떤 녀석들이 몰려오든 어차피 결과는 뻔했다.

우리가 이길 수밖에 없다.

수라천마 장후가 있으니까.

그리고 그 수라천마 장후와 같은 시대를 살아온 우리가 뭉쳤으니까.

남장후는 그들을 찬찬히 둘러보며 말했다.

"너희가 모르는 사실 하나를 알려줄까?"

모두가 미소를 지우며 남장후를 바라보았다.

자신들이 모르는 사실이 뭘까?

남장후가 말했다.

"고금을 통틀어 서열을 매기는 녀석이 있다. 그 녀석이 최근에 서열을 갱신했다지? 그 서열에 내가 두 번째로 기록되었다더군. 놈의 실수이다. 난 고금최강이다. 나보다 강한 자는 있을 수 없다. 과거에도, 미래에도 있을 리 없다."

실로 오만한 선언이었다.

하기에 듣는 이들은 껄끄럽기 그지없었다. 하지만 수라

천마 장후라면 저리 말할 수 있는 자격이 있었다.

수라천마 장후와 같은 존재가 또 나올 수 있을까?

없다.

확신한다.

만약 나타난다면, 수라천마 장후가 또 다시 되살아난 것이겠지.

남장후가 말했다.

"내가 이토록 강할 수 있었던 건, 너희 때문이다. 너희가 강하기에 내가 강할 수 있었다. 내가 강하기에 너희가 강해질 수 있었다. 우리는 같은 시대에 태어났기에 이토록 강해질 수 있었다."

모두가 이를 악물었다.

기쁘다.

이 고금최강을 자부하는 괴물에게 인정을 받았다는 것이.

"이제 알겠느냐, 너희가 모르는 사실이 무엇인지? 그들이 모르고 너희도 모르는, 오직 나만이 알았던 사실이 무엇인지?"

위수한이 말했다.

"선배가 고금제일이라는 거 아니요. 거 자랑 좀 적당히 좀 합시다."

남장후가 고개를 저었다.

 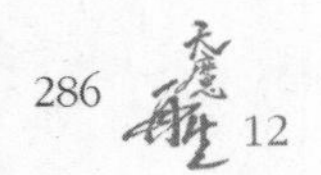

"아니. 그게 아니지. 그건 어지간하면 다 아니까."

위수한이 혀를 내둘렀다.

"하여간 뭐든 적당히는 안 하지."

남장후가 말했다.

"우리의 시대가, 우리의 무림이 고금최강이라는 거다."

모두가 입을 다물며 침을 꿀꺽 삼켰다.

남장후는 그들을 둘러보며 말을 이었다.

"우리의 시대보다 치열한 때는 없었다. 우리의 무림보다 험난한 때도 없었다. 우리가 가장 힘들었다. 우리가 가장 어려웠다. 하지만 우리이기에 넘어설 수 있었다. 우리이기에 이겨낼 수 있었다. 알겠느냐?"

남장후가 두 눈을 빛냈다.

"우리가 바로 고금최강이다. 그것이 그들이 모르고, 너희가 모르는 사실이다."

모두가 눈을 빛냈다.

그들의 눈동자에는 뜨거운 불꽃이 아른거렸다.

고금최강이라.

이 얼마나 가슴 뛰는 말인가.

남장후가 빙긋 웃었다.

"이제부터 알려주자. 너희 자신에게. 그리고 놈들에게."

†

원형의 탁자를 가운데 두고 이십여 명의 사내가 둥글게 앉아 있다.

원탁이란 묘한 구석이 있다.

상석이 없다.

자리한 모든 이들에게 같은 조건과 같은 높이를 내어준다.

그렇기에 누구 하나 높을 수 없고, 누구 하나 낮을 수 없다.

그렇기에 세 개 이상의 대등한 세력이 협상을 벌일 때에는 종종 원탁이라는 형태의 자리를 사용하는 편이었다.

혹은 아주 드물지만 수장을 두지 않고, 균등한 권력을 나누어가진 소규모의 구성원들이 합의를 통해 세력을 이끌어가는 협의제형태의 단체도 그렇다.

천금종인이 바로 그랬다.

그들은 수장을 두지 않는다.

수장을 두면 효율적인 행동력을 갖출 수 있지만 권력이 집중되기에 독단적인 행태를 보인다.

그러면 오래가지 못한다.

이러한 방식을 취했기에 천금종인은 살아남을 수 있었고, 앞으로도 살아갈 자신이 있었다.

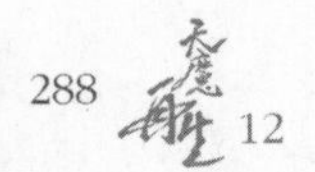

하지만 구성원 스스로가 서로의 지위와 권력을 동등하게 나누었다고 하여도, 시간이 흐르다보면 한 곳으로 집중되기 마련이다.

그것은 자연스러운 현상이기에 어쩔 수가 없었다.

그래서일까?

원탁에 앉은 이들은 한 곳을 바라본 채 침묵하고 있었다.

그가 바로 현재의 천금종인을 이끄는 사람이기 때문이었다.

그들의 시선이 모인 곳에는 검붉은 피부를 가진 근육질의 노인이 앉아 있었다.

마치 천년을 버텨온 거대한 암석을 문질러 만들어낸 석상같이 단단할 뿐 아니라, 위엄이 느껴지는 노인이었다.

노인이 이름은 모른다.

잊혀졌다.

대신 언젠가부터 천금대종이라는 이름으로 불리었고, 천금종인을 대표하는 인물이 되었다.

그는 천금종인의 역사상 가장 강한 인물로 평가되었다. 하지만 그렇기 때문에 천금종인을 이끌 수 있는 건 아니었다.

그는 진정한 강함이 무엇인지 아는 인물이기 때문이었다.

천금대종은 천금종인을 제멋대로 주무를 수 있는 힘을 지녔지만, 행사하지는 않았다.

기둥이 되어 모두를 지탱했고, 지붕이 되어 모두를 감쌌다.

그렇기에 모두가 자연스레 그라는 지붕 밑으로 모여들었다.

그는 주인을 인정하지 않는 천금종인의 주인이 될 수가 있었던 것이다.

하지만 그도 사람이긴 한 모양이었다.

천금대종이라는 기둥이, 지붕이 버티지 못할 일이 벌어지고 말았다.

이 일을 어찌해야 한단 말인가.

모두의 표정이 어두웠다.

지루하고 불편한 침묵은 결국 천금대종의 입이 벌어지며 밀려났다.

"내가 잘못 들었다고 해주시오."

모두가 고개만 숙였다.

천금대종은 다시 말했다.

"부탁하오. 내가 잘못 들었다고 말해주시오. 천마도는 여전히 건재하다고 말해달란 말이오. 우리가 이 지루한 전쟁을 끝내고자 준비했던 병기는 우리의 부름을 기다리며 잠들어 있다고 말해주시오."

모두의 고개가 내려갔다.

천금대종은 천천히 사람들을 쓸어본 후, 길고 힘없는 한 숨을 쉬었다. 그리고 두 팔로 머리를 감싸 쥐었다.

그때 누군가 말했다.

"다른 건 모르지만 천비제식 집마이형은 아직 무사할 가능성이 있습니다."

그 순간, 모두의 눈이 그를 향해 돌아갔다.

머리통이 큰 노인이었다.

천금종인 중에서 가장 지혜롭다고 불리는 천금혜안(天金慧眼)이었다.

천금대종이 낮고 무거운 목소리로 물었다.

"확신하오?"

천금혜안은 입을 다물고 고민에 빠졌다. 잠시후 살짝 고개를 젓는다.

"아니. 확신하지는 못합니다. 하지만 가능성이 있습니다. 아무리 수라천마 장후라고 하여도 열세 기의 집마이형이 봉인된 곳을 찾아낼 수는 없을 겁니다."

"위수한과 철리패, 사대마령이 함께 있다고 하지 않소. 그들과 함께라면……."

천금혜안이 고개를 저었다.

"그럴 리 없습니다. 지난 백년 동안 그런 짓까지 하며 집마이형을 양산해왔습니다. 우리가 얼마나 신중하였는지를 잊으셨습니까?"

"그렇다면 집마이형은 아직 안전하다는 거요?"

"네. 전 여전히 봉인되어 있으리라 여깁니다."

"왜? 수라천마 장후가 천마도를 장악한 목적은 집마이형이 아니었다는 것이오?"

천금대종이 놀랍다고 묻는 말에 천금혜안은 고개를 저었다.

"아닐 겁니다. 그저 천마도의 존재 정도나 인식하고 있었겠지요. 집마이형은 이 자리에 있는 우리 정도 밖에 모르는 비밀 아닙니까? 우리 중 누가 누출하였다면 모를까, 아무리 수라천마 장후라고 하여도 집마이형의 존재를 알리 없습니다. 그저 우리의 주요거점 중 하나로 여겼던 것이라고 사료됩니다."

그가 설명을 마치자, 모두의 표정이 풀어졌다.

천금대종은 조금은 밝아진 목소리로 물었다.

"그렇다면 집마이형은 아직 무사할지도 모른다는 거군요."

헌데 갑자기 천금혜안이 고개를 저었다.

"아니요. 지금은 모르겠습니다."

천금대종이 눈매가 날카로워졌다.

"무슨 말입니까? 지금 말장난을 할 때입니까?"

천금혜안이 고개를 저었다.

"아니요. 제 말은 일이 벌어진 이틀 전까지는 무사하다고 확신하지만, 지금은 어떨지 모르겠습니다. 수라천마 장후가 이틀 째 천마도에 머물고 있습니다. 그는 목적 없이 행동하는 자가 아닙니다. 머물러 있다면 머물만한 이유가 있기 때문이겠죠. 그러니 지금쯤이면 집마이형의 존재를 눈치 챘을 가능성이 높습니다."

천금대종이 한숨을 쉬었다.

"그래요. 그럴지도 모르겠군요."

천금혜안의 눈을 빛냈다.

"하루. 제가 예상하기로, 딱 하루가 더 수라천마 장후에게 주어진다면, 집마이형은 그의 손에 떨어질 겁니다."

"하루라……."

천금대종이 벌떡 일어났다. 그리고 천천히 벽 쪽으로 걸어가, 둥근 창문을 열었다.

창문 아래로 새하얀 포말을 일으키며 갈라지는 물결이 그의 시야 안에 들어왔다.

천금대종이 속삭이듯 말했다.

"도착하기까지 얼마나 남았소?"

천금혜안이 말했다.

"세 시진 반입니다."

천금대종이 안도의 한숨을 내쉬었다.

"다행이구료."

그리고 휙 고개를 돌리더니, 천금혜안을 매섭게 노려보며 말했다.

"수라천마 장후가 당신의 예상을 벗어났을 가능성은 없소?"

천금혜안은 잠시 고민한 후 감정 없는 목소리로 말했다.

"그랬다면 우리 모두가 죽을 겁니다. 그는 저보다 머리가 좋고, 당신보다 강하다는 뜻일 테니까요."

천금대종이 빙긋 웃었다.

"그럴 수는 없을 겁니다."

천금혜안도 그와 비슷한 미소가 어렸다.

"네. 그렇습니다."

†

남장후는 먼 바다를 바라보며 속삭였다.

"사흘이라. 영리하기보단 오만한 녀석들이로군. 쯧쯧."

그러며 휙 몸을 돌렸다.

"너무 쉬울 것 같아 재미없겠어."

그렇게 속삭이는 그의 목소리에는 아쉬움과 짜증이 느껴졌다.

NEO ORIENTAL FANTASY STORY

第百二十章.

무시무시합니다

第百二十章.
무시무시합니다

나무와 철물을 자르고 엮어 만들어낸 배라는 물건에게도 살아있는 생명체처럼 감정이라는 게 있을까?

만약 있다면 지금 천마도로 향해 다가오는 중규모의 선박은 분노라는 감정으로 휩싸여 있는 듯했다.

거친 물결을 찢듯이 가르며 뻗어나가는 배는 화가 나있었다.

그렇기에 가로막는 파도와 암초를 분풀이삼아 부수고 쪼개며 앞으로만 나아갔다.

이 배에 입이 있다면 치미는 노화를 고스란히 담아 고함이라도 터트릴 것만 같다.

하지만 그럴 수는 없기 때문인지, 선박은 천마도에서 오십여 장 쯤 되는 거리에 이르자 갑자기 멈추더니, 이십 여 개의 쇠뇌를 쏟아냈다.

쇄애애애애액!

이십여 개의 쇠뇌는 거친 파도를 뚫거나 부수며 질주하며 천마도를 향해 날았다.

하지만 쇠뇌들은 천마도에 이를 쯤에 이르자, 속도가 줄어들더니 깃털처럼 사뿐히 내려앉았다.

때문에 쇠뇌의 모습이 제대로 드러났다.

사람.

모두가 사람이었다.

그들은 서늘한 눈으로 주변을 찬찬히 둘러보았다.

그들의 눈매가 부드럽게 꺾였다. 눈빛은 뿌옇게 젖어들었다.

그들에게 이곳 천마도는 고향이랄 수 있는 곳이기 때문이었다.

아니, 성지(聖地)라고 해야 더 옳았다.

그들 천금종인이 태어난 곳.

시천마에게 버림받은 이들이 세상을 떠나 만들어낸 안식처이자 마음의 고향.

그런 곳이 바로 이 천마도였다.

그런데 빼앗겼다.

더럽혔다.

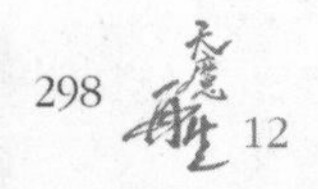

수라천마 장후와 그의 주구가!

빠드득.

이십여 명의 사람들의 표정이 사납게 변했다.

용서치 않으리라!

감히 천마도를 더럽히다니!

그들 중 가장 안정된 신색을 유지하는 이가 한 걸음 나서며 말했다.

"수라천마는 우리가 도착한 것을 아직 모르는 모양이구려."

모두가 눈빛과 표정을 고치고, 목소리의 주인을 향해 고개를 돌렸다.

천금대종이었다.

천금대종의 옆으로 천금종인의 머리 역할을 하는 천금혜안이 다가섰다.

"아닙니다. 우리가 왔음을 모를 리는 없지요. 어디선가 우리를 보고 있을 겁니다."

"그럴까요? 우리를 보고 있다? 허허허허헛. 어딜까요? 어디에 숨어서 우리를 보고 있으려나."

천금대종이 어디 있는지 찾아보겠다는 듯이 과장되게 고개를 이리저리 돌렸다.

그의 모습을 보며 모두가 피식 웃었다.

지금의 경직된 분위기를 풀기 위해 하는 행동임을 알기

때문이었다.

천금대종은 그제야 다른 사람을 둘러보며 빙긋 웃었다.

"수라천마가 아니라, 우리의 탓입니다."

그 말을 기다렸다는 듯 천금혜안이 고개를 숙였다.

"옳습니다. 우리의 잘못입니다. 우리가 수라천마를 얕보았기에 벌어질 일입니다. 우리가 경솔했으며, 안일했기 때문에 이리된 것입니다."

그러자 천금대종이 고개를 저었다.

"아니지요. 우리의 잘못이 아니라, 천종금류(天蹤金綹)의 잘못입니다."

천금혜안이 씁쓸한 표정으로 고개를 끄덕였다.

"옳습니다."

그러자 모두가 천금혜안처럼 숙연하게 고개를 숙였다.

천종금류는 천금종인을 이끌어가는 스물네 명의 수뇌를 부르는 명칭이다.

바로 이 자리에 있는 이들이 천종금류였다.

그러니 천금대종의 뜻은 천금종인 전체의 잘못이 아닌, 이 자리에 있는 우리의 잘못이라는 것이었다.

그에 따른 책임을 외면하지 말자는 질책이자 응원이기도 했다.

천금대종이 갑자기 씩 웃으며 말했다.

"하지만 잘못 한두 가지 정도는 하고 사는 게 또 사람이지 않습니까? 선대들은 안 그랬답니까? 선대들이 잘 했으면, 우리가 집마이식같은 병기에 집착할 이유가 뭐가 있겠습니까? 안 그래요?"

천금혜안이 눈을 얇게 좁히며 말했다.

"위험한 발언이십니다. 선대의 행적을 의심한다는 건 회의에 상정할 수도 있는 문제임을 모르십니까?"

천금대종이 당황했는지 눈을 크게 떴다.

"그래요? 제가 잘못했습니다."

그러자 천금혜안이 엄숙한 목소리로 말했다.

"받아들이지요. 이로써 대종께서는 우리보다 잘못을 하나 더 하셨음은 아셔야 합니다."

그러자 모두가 피식 웃었다. 그리고 천금대종과 천금혜안의 소소한 농담에 분위기가 유연해졌음을 느꼈다.

이 모습이 수장을 두지 않는다는 천금종인의 철칙을 깨고, 천금대종이 수장의 역할을 하고 있는 이유였다.

또한 천금혜안이 군사의 역할을 하고 있는 이유이기도 했다.

천금혜안이 표정을 고치고 보고하듯 말했다.

"후발대는 아마 이틀 후에 도착할 터입니다."

천금대종이 미소를 지웠다.

"그렇겠지요. 그 전에 끝을 냅시다."

천금혜안은 같은 생각인지 고개를 끄덕였다.

"그래야 합니다. 후발대가 기다려 합류한다면 안정적으로 천마도를 되찾을 수 있습니다. 하지만 그때는 집마이식을 탈취당하거나, 해체되었을 가능성이 높습니다."

천금대종이 고개를 저었다.

"아니요. 그 때문이 아닙니다. 전 집마이식이 필요하다고 여기지 않습니다. 우리가, 이 자리에 있는 우리 천종금류 만으로도 충분히 우리의 비원을 이룰 수 있다고 믿습니다."

천금대종이 모두를 둘러보며 뜨거운 목소리로 말을 이었다.

"우리가 바로 천금종인 사상 최강이기 때문입니다."

모두가 이를 악물고 주먹을 쥐었다.

천금종인 사상 최강이라.

그랬다.

이 자리에 있는 이들 중 누구 하나 입을 열어 말한 적은 없지만, 그런 자부심을 가지고 있었다.

우리가 최고라고.

우리가 역대를 통틀어 최강이라고.

그렇기에 천금종인의 오랜 비원을 이룰 때가 왔다고 여기던 중이었다.

자신들의 손으로 말이다.

"차라리 잘 되었지 않습니까? 최근 그가 천종서열을 갱신하며 수라천마를 서열 이 위로 기록했습니다."

천금대종이 갑자기 말을 멈추더니 창피하다는 듯 머리를 긁적였다.

"그리고 저는 오 위라더군요."

듣던 천종금류들은 코웃음을 쳤다.

천금대종은 천금종인 사상 최강의 고수이다.

아니, 고금최강이다.

천종금류이기에 안다.

천금대종이 자신의 실력을 고스란히 그들에게 보여주었기에 잘 안다.

세상에 천금대종보다 강한 존재는 있을 수 없었다.

그런데 오위라니.

그럴 리 없었다.

천금대종이 말했다.

"저는 그가 틀렸다고 여깁니다."

천종금류들 모두가 고개를 끄덕였다.

"옳습니다. 그가 틀렸습니다."

"틀렸지요. 틀리고말고요."

천금대종이 말했다.

"저는 그가 늙었다고 여깁니다."

시천마가 늙었다라…….

무슨 뜻일까?

그는 영생불사의 존재이다.

언제나 그 모습 그대로 존재한다.

마치 해와 달처럼 말이다.

그러니 늙지도 않는다.

천금대종이 그걸 모르고 하는 말일까?

아니다.

육신이 늙지는 않을 지라도, 마음이, 생각이 늙을 수는 있는 것이다.

권태와 안일함, 방만함에 빠져서 시야가 흐릿해지고, 사고가 느슨해진다는 거다.

시천마가, 완전무결한 존재이기에 신이라고 여겼던 그 강대한 숙적에게 노리고 들어갈 만한 틈이 벌어졌다는 뜻이다.

그렇다면 천금종인이 원하고 바라던, 그리고 기다렸던 시기가 무르익었음이라.

갑자기 천금대종이 표정을 바꾸어 말했다.

"하지만 반대로 우리가 늙은 건지도 모릅니다. 그가 옳고 우리가 틀린 건지도 모릅니다."

천종금류의 낯빛이 어두워졌다.

그래, 그럴 수도 있었다.

시천마는 신과 같은 존재이다.

아니, 정말 신인지도 모른다.

그의 말과 행동은 마치 예언과도 같았다.

스치듯 던진 한 마디는 언제나 결과로써 찾아왔다.

그러니 그가 옳고, 우리가 틀렸을지 모른다.

과거를 전제로 한다면, 그게 마땅하다.

천금대종이 말했다.

"그렇기에 오늘을 시험무대로 삼아보는 게 어떨까 합니다."

천금혜안이 모두를 대표하여 물었다.

"시험무대요?"

"그렇습니다. 시험무대. 그가 서열 이위라고 한 수라천마와 서열 오위라고 한 저. 둘 중 누가 살아남는지. 수라천마가 살아남는다면, 그가 옳다는 것이겠죠. 하지만, 제가 살아남는다면? 흐음. 어찌할까요?"

모두가 침을 꿀꺽 삼켰다.

천금대종은 자신만만한 미소를 지으며 말을 이었다.

"우리 모두 바로 시천마에게 갑시다."

천금혜안이 모두의 심정을 대신하여 말했다.

"그러지요. 긴 여정이었습니다. 더 지루하게 끌 수는 없지요."

천금대종은 고개를 끄덕인 후, 왼쪽으로 천천히 눈동자를 돌렸다.

그리고 속삭이듯 말했다.

"그러니 오늘의 시험무대를 제대로 한 번 통과해봅시다."

천금대종의 눈동자가 향한 곳, 바닥이 살짝 들썩이더니, 빛살이 되어 사라졌다.

†

간혹 욕심이 없는 사람이 있다고들 한다.

도덕군자라던가, 성인이라고 불리며 존경받는 이들을 대표적인 사례로 든다.

하지만 남장후의 생각은 달랐다.

욕심이 없는 사람은 없다.

그저 욕심의 방향성이 다를 뿐이다.

욕심이 없다고 불리는 이들은 그저 자아의 성찰이나, 인격의 완성을 욕망할 뿐이었다.

그렇게 따진다면 그들이야말로 진정 탐욕스러운 이들인지도 몰랐다.

그러니 사람들이 말하는 욕망이 있고 없음의 기준은 누군가가 자신의 욕망을 성취하기 위한 행위가 타인에게 어떠한 영향을 끼치는가에 따른다고 보았다.

그렇기에 남장후는 이렇게 말할 수 있는 것이다.

"그러니 난 욕심이 그다지 없는 사람인 거지."

참 뻔뻔하게도 말이다.

하지만 그의 앞, 바닥에 앉아있는 괴겁마령은 수긍도 부정도 하지 않았다.

그저 자신의 앞에 놓여 있는 하얀 가루를 물끄러미 바라보고만 있을 뿐이었다.

그의 눈동자는 몽롱했다.

앞에 깔린 하얀 가루가 아니라, 머리가 그 가루를 뭉치고 늘여서 만들어내는 한 노인의 형상을 보고 있기 때문이었다.

괴겁마령의 머리가 만들어낸 환영 속의 노인은 그를 마주보며 이렇게 말했다.

'좆같지?'

괴겁마령은 저도 모르게 피식 웃었다.

'아니요, 조부님. 전혀 그렇지 않습니다.'

하얀 가루, 천마도의 천비동 속에 갇혀있던 괴겁마령의 조부 오륜마야의 시체를 태우고 남은 잔해였다.

그렇기에 아무리 괴겁마령이라고 하여도 감상적이 될 수밖에 없었다.

괴겁마령은 어렸던 자신을 흑검독랑이라고 불리던 장후에게 맡기고 돌아가던 모습을 잊을 수가 없었다.

그날 죽었다는 소문은 들었고, 죽었다고 여기고 살아왔었다. 하지만, 헤어질 당시의 모습 그대로 남겨져 있던 조부의 시체를 마주하는 건 아무리 괴겁마령이라고 하여도 참을 수 없는 분노와 슬픔이었다.

괴겁마령이 갑자기 입을 열었다.

"형님. 생각해보니 제가 어느 덧 조부님보다 더 나이를 먹었더군요."

그건 남장후도 생각지 못했던 부분이었는지, 헛웃음을 흘렸다.

"훗. 그랬나? 오래도 살았구나, 우리."

"그래요. 우리 참 오래 살았지요."

그러며 괴겁마령은 고개를 들어 올려 푸른 하늘을 바라보았다.

"당장 죽는다고 하여도 여한은 없을 겁니다. 다만 한 가지만 제외하면요."

"그 한 가지가 무어냐?"

"아이를 낳을 것을 그랬습니다."

"아이?"

"네, 아이요. 저를 쏙 닮은 아이요. 제 아이가 아이를 낳고, 그 아이가 아이를 낳는 모습을 보았다면 어땠을까, 싶습니다."

"그랬다면 네 아이의 아비는 있을지 몰라도, 내 동생 괴겁마령은 없겠지."

"그랬을까요?"

남장후가 단호하게 고개를 끄덕였다.

"그래."

괴겁마령이 하늘을 향했던 고개를 내려 남장후쪽으로 고개를 돌렸다. 그러더니 빙긋 웃었다.

"고맙습니다. 덕분에 한 가닥 남아있던 미련도 사라졌습니다."

남장후가 그와 닮은 미소를 그렸다.

그때였다.

한줄기 빛살이 내려와 남장후와 괴겁마령 사이에 내렸다.

위수한이었다.

남장후가 미소를 지운 후 담담한 목소리로 물었다.

"놈들은?"

위수한은 몸을 툭툭 털며 일어나 투덜거리듯 말했다.

"아니, 애들 다 놔두고, 왜 제가 이런 짓거리를 해야 합니까?"

괴겁마령이 물었다.

"그럼 내가 갈까? 아니면 형님이 가느냐?"

위수한이 한숨을 내쉬었다.

"다 늙어가는 처지에 이러지들 맙시다. 제 나이도 이제 여든을 바라봅니다."

괴겁마령이 코웃음 쳤다.

"애네."

남장후가 고개를 살짝 끄덕였다.

"애야."

위수한은 다시 한숨을 내쉬었다.

"하아. 여든이 얼마 남지 않는 애가 보고 드리지요. 스물네 명. 다들 한 가닥 씩 하는 듯합니다. 그 중 일곱은 두 가닥 정도는 하는 것 같고, 그 중에서도 둘은 수십 가닥은 하는 듯하고요, 그 둘 중에서도 한 놈은……, 무시무시합니다."

그렇게 말하는 위수한의 표정은 드물게 진지했다.

무시무시하다라.

남장후가 물었다.

"어느 정도인데?"

위수한이 어찌 설명해야할지 어렵다는 듯 눈동자를 이리저리 굴렸다.

그답지 않은 태도였다.

설명하기가 쉽지 않을 정도로 그 무시무시한 놈이 무시무시하다는 뜻으로 느껴졌다.

결국 위수한은 어렵게 입을 열었다.

"제 판단으로 그 무시무시한 놈의 실력은 대략, 흐음."

잠시 고민하던 위수한이 결국 어쩔 수 없다는 듯 말했다.

"저 정도 됩니다."

남장후가 물었다.

"너 정도?"

위수한이 크게 고개를 끄덕였다.

"네, 딱 저 정도입니다."

괴겁마령이 코웃음을 치며 고개를 절레절레 저었다.

"무시무시하구나, 정말."

남장후는 아쉽다는 듯 가볍게 혀를 찼다.

"예상보다 못하군."

위수한은 두 사람의 반응이 마음에 안 드는지 눈을 부라리며 외치듯 말했다.

"못 들으셨어요? 저 정도 쯤 되는 놈이 있다는 겁니다! 엄청나지 않습니까?"

남장후가 위수한에게서 시선을 떼어 괴겁마령에게 돌렸다.

"하던 얘기나 계속 하지. 난 그리 욕심이 없는 사람이라고 했었다."

괴겁마령이 고개를 끄덕였다.

"알겠습니다."

그리고 상체를 숙여 자신의 앞에 깔려있는 하얀 가루, 오륜마야의 골분에 손을 뻗어 한 움큼을 움켜쥐었다.

상체를 일으킨 괴겁마령이 남장후를 돌아보며 잠시 멈

췄던 말을 이었다.

"욕심은 저부터 부리지요."

그러며 손에 쥔 골분을 입에 집어넣고 빠드득 씹어 먹으며, 남장후와 위수한을 지나쳐 걸어갔다.

위수한이 멀어지는 그의 등을 향해 목소리를 낮게 깔아 말했다.

"조심하셔야 합니다. 저 정도 되는 녀석이 있습니다."

괴겁마령은 듣지 못했는지, 그대로 걸어갔고 이내 사라져 버렸다.

위수한이 남장후에게로 고개를 돌리더니, 걱정스럽다는 표정을 지었다.

"도와야 하지 않을까요? 저 정도 되는 녀석이 끼어……."

남장후는 그가 말을 맺기도 전에 그대로 사라져 버렸다.

홀로 남겨진 위수한은 입을 쩝쩝 다시며 중얼거렸다.

"아, 진짜. 좆같네."

〈13권에서 계속〉